CATALOGUE

DE

LIVRES ANCIENS & MODERNES

LITTÉRATURE -- BEAUX-ARTS

COSTUMES CIVILS & MILITAIRES

RECUEILS DE CARICATURES

Théâtre, Musique, etc.

VENTE DU MERCREDI 22 NOVEMBRE 1911

SALLE N° 8

Commissaire-Priseur :
Me André DESVOUGES
26, Rue de la Grange-Batelière, 26

Experts :
MM. Léo DELTEIL et A. LE CORBEILLER
38, Rue de Châteaudun

CATALOGUE
de
Livres Anciens et Modernes

COSTUMES CIVILS ET MILITAIRES

CONDITIONS DE LA VENTE

Elle sera faite au comptant.

Les adjudicataires paieront *dix pour cent* en sus des enchères.

MM. Léo Delteil et A. Le Corbeiller rempliront les commissions que voudront bien leur confier MM. les amateurs ne pouvant y assister.

MM. les amateurs pourront visiter la collection du *Mercredi 15 au Mardi 21 Novembre*, **38, rue de Châteaudun.**

CATALOGUE

DE

Livres Anciens et Modernes

LITTÉRATURE -- BEAUX-ARTS

Costumes Civils et Militaires

RECUEILS DE CARICATURES

THÉATRE -- MUSIQUE

ŒUVRE DE J. REYNOLDS, etc.

Dont la Vente aura lieu

A PARIS, HOTEL DROUOT, SALLE N° 8

Le MERCREDI 22 NOVEMBRE 1911

à 2 heures précises

Par le Ministère de Me André DESVOUGES

COMMISSAIRE-PRISEUR

26, Rue de la Grange-Batelière, 26

Assisté de MM. Léo DELTEIL et A. LE CORBEILLER

MARCHANDS D'ESTAMPES-EXPERTS

38, Rue de Châteaudun, 38 — PARIS

DÉSIGNATION

1. **Abd-El-Kader.** Le Livre d'Abd-El-Karder intitulé : Rappel à l'Intelligent, avis à l'Indifférent. Considérations philosophiques, religieuses, historiques, etc. Trad. sur le manuscrit original par G. Dugat. *Paris, Duprat*, 1858 ; *port.* — **Calidasa.** La Reconnaissance de Sacountala, drame sanscrit et pracrit de Calidasa. Traduit sur un manuscrit unique par A.-L. Chézy. *Paris, Dondey-Dupré*, 1832. — Ens. 2 vol. in-8, demi-rel. chag. vert, tête dorée, *non rogné*, et demi-rel. veau bleu, tr. marb.

2. **L'Académie Française.** Eaux-fortes par Robert Kastor. *Paris, Maison Quantin, s. d.* ; in-**4**, en ff., dans un cart. spécial.

   Titre, table et 40 portraits gravés à l'eau-forte, avec facsimile d'autographes.

3. **Ackermann** (R.). The Graces ! *London, R. Ackermann*, 1801 ; in-4, demi-rel. veau fauve avec coins.

   Suite de 10 planches gravées et *coloriées*.

4. **Adam** (V.). La Charge en 12 temps ou la Vie d'un soldat. *Paris, Gache, s. d.* ; *34 planches*. — **Randon.** Ah quel plaisir d'être soldat ! ! *Paris, Journal amusant, s. d.* ; *50 planches*. — Ens. 2 albums in-4 obl., cart. et relié.

5. **Aérostation et Aviation**. — Réunion de 25 vol. et brochures in-8 et in-12, *fig.*, brochés, *couv.* (1 cart. de l'édit.).

Figuier (L.). Hist. des principales découvertes scientifiques modernes, 1851. — *Histoire des Ballons* et des locomotives aériennes depuis Dédale jusqu'à Petin. Ill. par H. Emy, 1852. — *David* (L.). Solution du problème de la navigation aérienne par la direction des aérostats, 1864. — *Vaschalde* (H.). Les Ballons depuis leur invention jusqu'au dernier siège de Paris, 1872. — *Les Premiers* essais de Xavier de Maistre, 1874. — *Tissandier* (G.). Le Grand ballon captif à vapeur de M. H. Giffard, 1878. — *Navigation aérienne*, système Debayeux, 1880. — *Tissandier* (G.). Application de l'électricité à la navigation aérienne, 1884.— *Lacroix* (D.). Les Aérostiers militaires du Ch[au] de Meudon (1794-1884) 1885. — *Tissandier* (G.). Les Ballons dirigeables, 1885. — *Honoré*. La création de la navigation aérienne au moyen de ptéronaves, 1889. — *Dex et Dibos*. Fleuves aériens, leurs cours, leur utilisation par les aérostats, 1897. — *La Vaulx* (Cte de). Seize mille kilomètres en ballon, 1903. — *Averly* (A.). Le Problème général du vol et la force centrifuge, 1904. — *IIIe Congrès* international d'aéronautique. Milan 22-28 oct. 1906-1907. — *Yvon et Surcouf*. Aérostats et aérostation militaire; *s. d.* — *Armengaud jeune*. Le Problème de l'aviation et la solution par l'aéroplane. 3e édit. *s. d.*, etc.

6. — **Glaisher, Flammarion, de Fonvielle et G. Tissandier**. Voyages aériens. Ouv. contenant 117 gravures sur bois et 6 chromolithographies dess. d'après les croquis d'A. Tissandier par Eug. Cicéri et A. Marie et 15 diagrammes ou cartes. *Paris, Hachette*, 1870. — **Tissandier** (A). Histoire de mes ascensions. Récit de 40 voyages aériens (1868-1886). 7e édit. entièr. refondue et augmentée. Ouv. illustré de nombreux dessins par A. Tissandier. *Paris, Dreyfous*, 1887. — Ens. 2 vol. gr. in-8, *fig.*, demi-rel. et cart. toile de l'édit., tr. dor.

7. **Affaire Dreyfus** (L'). Cinq semaines à Rennes. 200 photographies de Gerschel. Texte de L. Rogés. *Paris, Juven, s. d.* — **Bonnamour** (G.). Le Procès Zola.

Impressions d'audience. Illustrée de 50 dessins par L. Sabatier. *Paris, Pierret, s. d.* — **Grand-Carteret** (J.). L'Affaire Dreyfus en image. 266 caricatures françaises et étrangères. *Paris, Flammarion, s. d.* — Ens. 3 vol. petit in-8 et in-12, *fig.*, le 1er cart. bradel dos percal., les autres en demi-rel. chag. lavall. ; têtes dor., *non rognés, couv. conservées.*

8. **Affiches. — The Modern Poster.** By A. Alexandre, M.-H. Spielmann, H.-C. Bunner and Aug. Jaccaci. *New-York, Scribner*, 1895 ; 1 vol. *(Un des 250 ex. sur papier impérial du Japon).* — **Posters in Miniature.** With an introduction by Edw. Penfield, *London, J. Lane ; New-York, Russell*, 1896 ; 1 vol. — **The Poster.** An Illustrated Monthly Chronicle. *London, H. R. Woestyn*, 1898-1900, 3 vol. — Ens. 5 vol. in-8 et in-4, *fig.*, cart. toile, ornés fers spéc. *(Cart. de l'Edit.).*

Le 3e vol. du " *The Poster* " est en livraisons.

On y a joint :

Demeure de Beaumont (A.). L'Affiche illustrée. I. L'Affiche Belge. Essai critique, biographie des artistes. Dessins originaux. *Toulouse, chez l'Auteur*, 1897 ; 2 vol. in-8, *fig.*, brochés, *couv. imp.*

9. **Album. Reliure-boîte.** In-fol. mar. rouge à long grain, dos orné, dent. grecque sur les plats, tr. dor. *(Rel. anc.).*

Belle Reliure *transformée en boîte.*

10. **Album. Gravures anglaises.** In-4 obl., veau rouge, dos orné ; sur les plats, doubl. dent. et milieux ornés or et à froid, tr. dor. *(Rel. romantique).*

Album de 74 vues gravées sur acier, principalement de l'Orient, publiées de 1836 à 1838 environ.

11. **Album du Cortège historique de Morat,** *XXII* juin 1476-1876. 400 jährige Jubelfeier der Schlacht bei Murten am 22 juni 1876. Album des historischen Zuges.

Nach den originalien und nach der Natur gezeichnet und gemalt von C. Jauslin et G. Roux. *Berne, s. d.* (1876). Gr. in-fol. oblong, cart. toile de l'éd. illustré.

Album composé d'un frontispice et de 40 planches en *chromolithographie* précédés d'un texte et de l'état nominatif du cortège.

12. **Album Mariani.** Figures contemporaines tirées de l'Album Mariani. 538 biographies, notices, autographes et portraits gravés sur bois. *Paris, Flammarion et Floury*, 1894-1902 ; 7 vol. gr. in-8, cart. percal. brune, têtes dor., *couv. conservées.*

13. **Alexander** (W.). **The Costume of China** ; illustrated in forti-eight coloured engravings. *London, W. Miller*, 1805 ; in-4, *planches*, relié cuir de Russie, dos orné, dent., tr. dor. *(Rel. anc.)*

Ouvrage orné de 48 planches *en couleurs : Costumes, Mœurs et Usages des Chinois.*
Bel exemplaire.

14. **Aliprandi** (J.). **Scènes de la Révolution.** Suite complète de 12 planches in-fol., gravées au pointillé d'après Barbier. *London, publ. by Colnaghi et Cie*, 1796-1804 ; texte anglais et français au bas. — **Vie de Pie VI.** Suite complète de 20 planches in-fol., gravées par Poggioli, Lazzarini, G. Petrini, A. Mochetti, P. Bonato, etc., d'après G. Beys, L. Scotti, E. Petroni, L. Agricola. *Roma*, an 1801-1804. — Ensemble 2 suites en 1 vol. grand in-fol., demi cart. toile verte.

Belles suites en belles épreuves à grandes marges.

15. **Alken** (H.). A Steeple Chase. *London, S. and J. Fuller*, 1827 ; in-4 obl., demi-rel. chag. rouge avec coins, *non rogné.*

Suite de 6 planches dessinées et gravées par *H. Alken.*
Épreuves en noir.

15 *bis*. **Alken** (H.). Qualified Horses and Unqualified Riders, or the reverse of Sporting Phrases taken from the work entitled indispensable accomplishments. *London, S. and J. Fuller*, 1815 ; in-4 obl. demi-rel. chag. grenat avec coins, *non rogné*.

Suite de titre et 7 planches gravées à l'eau-forte. Épreuves en noir.

16. **Almanach Henri Boutet**. 4e année, 1889 : 5e année 1890 ; 7e année 1892 ; et 8e année 1893. — Ens. 4 almanachs in-18, *fig*., cart. ill., dans leurs étuis.

17. **Almanach des Spectacles**, continuant l'ancien almanach des Spectacles, publié de 1752 à 1815. De l'année 1874 à 1900. *Paris, Lib. des Bibliophiles*, 1875-1902 ; 30 vol. in-18, *port. par Gaucherel et Lalauze*, demi-rel. chag. vert, têtes dor., *non rognés*.

La collection se divise ainsi : Tome Ier (XLIXe de la collection) année 1874 au tome 18 (LXVIe de la collection) année 1891 ; tomes 19 et 20 (LXVIIe et LXVIIIe de la collection) : *Table générale et coup d'œil d'ensemble* ; 1892 à 1900, 9 vol. ; *Table décennale* (1892-1901), 1 vol.

18. **A Memorial of the Marriage of H. R. H. Albert Edward Prince of Wales** and H. R. H. Alexandra Princess of Danemark, by W. H. Russell. The Various Events and the Bridal Gifts, illustrated by Robert Dudley. *London, Day and Son, s. d.* (1863) ; in-fol., *planches*, demi-rel. chag. rouge avec coins, plats toile, tr. dor.

Ouvrage accompagné d'un titre-front. *en couleurs*, 2 portraits en noir, 17 planches *en couleur des Cérémonies du Mariage* et de 22 planches *en couleur*, représentant les différents cadeaux offerts.

19. **Antient Costume of England**. *London, Colnaghi and C°*, 1815 ; in-fol., *planches*, demi-rel. mar. brun avec coins, *non rogné*.

Titre, dédicace gravée, et 60 belles planches *en couleurs*, représentant des *Costumes civils et militaires, scènes de mœurs*, etc., accompagné d'un texte descriptif.

Bel ex. renfermant *4 planches doubles, mais présentant quelques différences de composition.*

20. **Apulée. L'Ane d'Or** ou la Métamorphose. Trad. de Savalète. Préface de J. Andrieux. Avec nombreuses gravures dessinées par A. Racinet et P. Bénard. *Paris, F. Didot*, 1872; in-8, *fig.*, demi-rel., mar-citron avec coins, dos orné, tête dor., *non rogné, couv. conservée (V. Champs).*

Bel exemplaire.

21. **The Architectural Annual.** Published under the auspices of the Architectural League of América, and edited by Albert Kelsey. Issue for 1900 *Philadelphia*, 1900; 1 vol. — **The Magazine of Art.** Illustrated. *London, Paris and New-York, s. d.* (1878-1880), 3 vol. (*1re série complète*). — Ens. 4 vol. in 4, *fig.*, cart. de l'édit., fers spéc.

22. **L'Armée Russe,** d'après photographies instantanées exécutées par MM. de Jongh frères. Texte et notices historiques par P. Camena d'Almeida et F. de Jongh. *Paris, imp. Lemercier, s. d.* (1895) ; gr. in-4°, *fig.* demi-rel. chag. vert, dos orné, plats toile, tête dorée, *non rogné (Nombr. ill. en noir et costumes militaires coloriés).* — **Hommage au Tsar.** Le Tsar et la Tsarine en France. Préface de Fr. Coppée. *Paris, May et Motteroz, s. d.* (1896) ; gr. in-8, *fig.*, cart. percal de l'éditeur, tête dorée, *non rogné.* — Ens. 2 vol.

23. **ART ET DÉCORATION.** Publication d'Art mensuelle publiée sous la direction de MM. Puvis de Chavannes, Vaudremer, Grasset, J.-P. Laurens, Cazin, L.-O. Merson, Fremiet, Roty, L. Magne. (Années 1897 à 1902 et 1904 à 1907). *Paris, E. Levy*, 1897-1907 ; 20 vol. in-4, *fig.*, cart. percal. verte, ornés fers spéc. *(Cart. de l'Edit.).*

On y a joint :

The Artist. An illustrated Monthly Record of Arts Crafts and Industries. — Année 1897. — *London*, 1897 ; in-4, en 12 livraisons, brochés, *couv. ill.*

24. **LES ARTISTES CÉLÈBRES**. Biographies, notices critiques et catalogues, publiées sous la direction de M. Eug. Muntz. *Paris, Librairie de l'Art*, 1885-1895, 54 vol. in-8, *fig.*, cart. bradel. dos et coins percal. rouge, têtes dor., *non rognés, couv. cons.*

   Bel exemplaire. — Un volume broché.

25. **Asselineau** (Ch.). L'Enfer du Bibliophile vu et décrit par Ch. Asselineau. *Paris, J. Tardieu*, 1860 ; in-18, cart. bradel, dos percal. orange, *non rogné, couv. conservée.*

   Edition originale.

26. **Atlas Moderne** ou Collection de cartes sur toutes les parties du Globe Terrestre. Par plusieurs auteurs. *Paris, Lattré et Delalain*, 1787 ; in-fol , cart. anc.

   Frontispice par Monnet, avertissement, table et 77 cartes. Les Cartes sont ornées de *jolis cartouches* par *Arrivet.*

27. **Aubry** (Ch.). Histoire Pittoresque de l'Equitation ancienne et moderne. *Paris, Motte* (1833). *Titre, table, préface et 24 planches lithographiées* (Déchirure aux 2 premiers ff.). — **Chasses anciennes**, d'après les Manuscrits des XIVe et XVe siècles. *Paris, Motte* (1837). *Titre et 12 planches lithographiées.* — Ens. 2 vol. in-fol., *dereliés.*

28. **Bac** (F.). Les Amants. Contenant 100 dessins en couleurs. — La Comédie Féminine. Contenant 100 dessins inédits. — Des Images, contenant 100 dessins. — Petites Folles. Contenant 10 dessins. — *Paris, S. Empis*, 1898-1903 ; 4 vol. in-12, demi-rel. bradel, dos chag vert, bleu, rouge et grenat, dos ornés, têtes dor., *non rognés, couv. conservées.*

   Premiers tirages.

28 *bis*. **Bac.** La Femme intime. Album absolument inédit. Préface de Marcel Prévost. *Paris, S. Empis, s. d.;* in-4, broché, *couv. ill.*

Ex. sur **papier** de **chine**, accompagné de **deux dessins originaux**.

29. **Banville** (Th.). **Editions originales.** *Paris, Lemerre et Poulet-Malassis,* 1867-1873 ; 5 vol. in-12, *port. et front.*, cart. bradel, dos vélin bl., têtes dor., *non rognés, couv. conservées.*

Les Exilés, 1867. — *Odes Funambulesques,* 1867. — *Nouvelles Odes Funambulesques,* 1869. — *Idylles prussiennes,* 1871. — *Trente-six ballades joyeuses,* 1873.

Envoi d'auteur à 3 volumes. — Le vol. « Odes Funambulesques » ne possède pas ses couvertures.

30. **Baric.** Proverbes travestis ou la Morale en Carnaval, *20 planches, lithog. dont le titre.* — Les Soirées de Mr Cocambo. *Titre et 18 pl. lithog. — Paris, Arnauld de Vresse, s. d.;* Ens. 2 albums in-4, cart. ill. de l'édit.

31. **Bataille** (Henri). Têtes et Pensées. *Paris, Lib. Ollendorff,* 1901 ; in-fol., en feuilles, dans un cart. spécial.

Album de titre, préface, 22 portraits lithographiés de Littérateurs et Poëtes contemporains, accompagnés de Pensées sur chacun d'eux : *Cat. Mendès, J. Lorrain, H. de Régnier, G. Rodenbach, J. de Tinan, J. Renard, P. Louys, M. Donnay, O. Mirbeau,* etc., etc.

32. **Beaux-Arts.** — Réunion de 4 ouvrages in-8 et in-4.

Merson (Olivier). Salon de 1893. Société des Artistes Français et Société Nationale des Beaux-Arts. *Paris, Baschet, s. d.;* in-4, *planches,* cart. bradel, dos percal. rouge, coins, tête dorée, *non rogné, couv. cons.* — **Levallois** (J.). Les Maîtres Italiens en Italie. *Tours, Mame,* 1887 ; gr. in-8, *fig.*, broché, *couv. imp.* — **Roger-Milès** (L.). Le Paysan, dans l'œuvre de J.-F. Millet. *Paris, G. Petit,* 1895 ; in-4 ; cart. ill. de l'édit. *Portrait et 25 reproductions.* — **Didot** (A. Firmin). Essai typographique et bibliographique sur l'histoire de la gravure sur bois. *Paris,* 1863 ; in-8, demi-rel. chag. brun, dos orné, tr. jasp.

33. **Bellel** (J.-J.). Les Vosges, par J.-J. Bellel. 20 dessins d'après nature, lithographiés par J. Laurent. Texte descriptif par Th. Gautier. *Paris, Morel*, 1860; in-fol., *pl.*, cart. de l'édit.

34. **BELL'S British Theatre.** Consisting of the most esteemed English Plays. *London*, 1797; 32 vol. petit in-12, *fig.*, veau racine, dos ornés, tr. jaunes. *(Rel. anc.)*.

Recueil des meilleures pièces du Théâtre Anglais, illustrés de portraits d'artistes en *costumes et de Scènes théâtrales.* — Manque les tomes 19 et 29.

35. **Benoist** (P.-J.). **Surinam.** *Paris, publié par la Société des Beaux-Arts, s. d.* (vers 1845). In-fol., demi-rel. chag. rouge avec coins.

Album de Titre et 49 planches dessinées par J.-B. Benoist et lithographiées par *P. Lauters et Madou,* sur *papier teinté chine : vues diverses, scènes de mœurs, usages et costumes des habitants.*

36. **Béraldi** (Henri). **Les Graveurs du XIXe siècle.** Guide de l'Amateur d'Estampes Modernes. *Paris, Conquet*, 1885-1892; 12 tomes reliés en 6 vol. in-8, cart. dos percal. grise, *complèt. non rognés, couv. conservées.*

On y a joint :

Bracquemond. Etude sur la Gravure sur bois et la Lithographie. Paris, imprimé pour Henri Béraldi, 1897; in-8, cart. bradel, dos percal. grise, *non rogné, couv. cons. (Tiré à 138 ex. numérotés. Ex. n° 84).*

37. **Berghem** (Nic.). Animalia ad vivum delineata, et aquâ forti ceri impressa. Studio et Arte Nicolai Berghemi. *Suite de 23 pièces, dont 4 frontispices.* — **Bella** (Stef. della). Diversi animali. *Suite de 24 eaux-fortes.* — **Rubens** (d'apr.). Variæ Leonum icones. *Suite de 4 pièces. Gravées à l'eau-forte par Abr. Bloteling.* — En 1 vol. in 4, rel. parch. vert.

38. **Berlioz** (H.). Voyage en Allemagne et en Italie. Etudes sur Beethoven, Gluck et Weber. Mélanges et nouvelles. *Paris*, *Labitte*, 1844 ; 2 tomes en 1 vol. in 8 demi-rel. chag. violet avec coins, dos orné en long, tête dor., *ébarbé (Pouillet)*.

Edition originale.

39. **Bernhardt** (Mlle Sarah). L'Aveu. Drame en un acte en prose. *Paris*, *Ollendorff*, 1888 ; in 8, *fig.*, cart. bradel, dos percal. laval., tête dor., *non rogné*, *couv. ill. cons.*

Edition originale. Illustrations de *G. Clairin.*

40. **Bertall.** La Comédie de Notre Temps. Etudes au crayon et à la plume par Bertall. *Paris*, *Plon*, 1874-1875 ; 2 vol. — La vie hors de chez soi. (La Comédie de notre Temps). *Paris*, *Plon*, 1876. — La Vigne. Voyage autour des Vins de France. *Paris*, *Plon*, 1878. — Ens. 4 vol. gr. in-8, *fig.*, cart. bradel, dos vélin blanc, *non rognés*, *couv. conservées (Lemardeley)*.

Collection complète en *Premiers tirages*.

41. **Bertrand de Moleville. Costumes des Etats héréditaires de la Maison d'Autriche**, consistant en 50 gravures coloriées ; dont les descriptions, ainsi que que l'introd. ont été rédigées par M. Bertrand de Moleville. *Londres*, *W. Miller*, 1804 ; in-4, *planches*, mar. vert à long grain, dos orné, dent. sur les plats et à l'int., tr. dor. *(Rel. anc.)*.

Orné de 50 belles planches gravées à l'aquatinte et *coloriées*. Bel ex.

42. **BIBLIOTHÈQUE DE L'ENSEIGNEMENT DES BEAUX-ARTS**, publiée sous la direction de M. Jules Comte. *Paris*, *Quantin*, 1881-1900 ; 56 vol. in-8, *fig.*, demi-rel. chag. grenat avec coins, têtes dor., *non rognés*.

43. **BING** (S.). **Le Japon Artistique.** Documents d'Art et d'Industrie, réunis par S. Bing. *Paris, s. d.*, (1889-1891) ; 3 vol. in-4, *fig. et pl. en coul.*, cart. de l'Edit., percal., têtes dor., *non rognés*.

Edition originale. — Rare.

44. **Blanc** (Ch.). L'Œuvre de Rembrandt décrit et commenté. Catalogue raisonné de toutes les estampes du maître et de ses peintures, orné de bois gravés, de 40 eaux-fortes de Flameng et de 35 héliogravures d'Amand Durand. *Paris, A. Lévy*, 1873 ; 2 vol. gr. in-4, *fig.*, brochés, *couv. imp.*

Papier vergé.

45. **Blondel. Livre Nouveau** ou Règles de Cinq ordres d'Architecture, par J. Barrozio de Vignole. Nouvellement revu, corrigé et augmenté par Mr B*** (Blondel), Architecte du Roy. Le tout enrichi de cartels, culs-de-lampe, figures et vignettes, d'après MM. Blondel, Cochin et Babel. *Paris*, 1767 ; in-fol., demi-rel.

Beau recueil renfermant 100 planches.

46. **BOTANIQUE. — Ehret** (G.-D.). Plantæ selectæ quarum imagines ad exemplaria naturalia Londini in Horti curiosorum nutrita manu artificiosa doctaque pinxit G. D. Ehret germanus, occasione haud vulgari collegit nominibus propriis notisque subinde illustravit et publico dicavit D. Christ. Jac. Trew, Medicus norimbergensis, in aes incidit et vivis coloribus repræsentavit Joan. Jacob. Haid, pictor et chalcographus augustanus, 1750-1760. 6 parties en 1 vol. in-fol., veau marbré, tr. dor. *(Rel. anc.)*.

Très bel ouvrage, composé de 6 parties avec leurs titres, comprenant ensemble *60 planches gravées et coloriées ;* légendes manuscrites en français, ajoutées.

Une table détaillée à la fin du vol. s'arrête à la 51e description.

47. — **Lawrance** (Miss). Les Passiflores. *London*, 1799 ; In-fol., demi-rel. de l'époque.

Suite de 14 belles planches dess. et gravées par Miss Lawrance, et *coloriées.*

48. **Bouchot** (H.). Les Elégances du Second Empire. Ouvrage illustré de 48 photog. hors texte. *Paris, Lib. illustrée, s. d.* — **Lano** (P. de). L'Amour à Paris sous le Second Empire. Orné de 14 reprod. par J. Delton. *Paris, S. Empis*, 1896. — Ens. 2 vol. in-12, *fig.*, demi-rel. chag. vert et bleu, dos ornés, têtes dor., *non rognés, couv. conservées.*

49. **Bradford** (Guill.). Esquisse du pays, du caractère et du costume en **Portugal** et en **Espagne,** prises pendant la campagne et durant la marche de l'armée anglaise en 1808 et 1809, gravées et coloriées d'après les desseins du Rév. Guill. Bradford, avec les explications et les descriptions propres à chaque sujet. *London, J. Booth, s. d.* (1809) ; in-fol., *pl.* demi-rel. de l'époque, tr. marb.

Bel ouvrage accompagné de 55 planches gravées et *coloriées* : *Vues, Costumes militaires et civils.*

50. **Bridgens** (R.). Sketches illustrative of the manners and costumes of France, Switzerland, and Italy. *London, publ. by Baldwin, Cradock and Joy*, 1821 ; in-4, *fig.*, demi-rel. mar. vert à grain long avec coins.

Ouvrage orné de 50 planches gravées et *coloriées*, dont 1 titre-frontispice, de *Costumes* des habitants de Dieppe, Boulogne, Paris, Turin, Rome, etc.

51. **Brisson** (A.). Paris Intime, 150 illustrations. — **Renault** et **Chateau.** Montmartre. Illustrations de Balluriau, Steinlen, Léandre, etc. — **Renault** et **Le Rouge**. Le Quartier latin. Illustrations de Bac, Grün, Léandre, Steinlen, etc. — *Paris, Flammarion, s. d.* ; 3 vol. in-12, *fig.*, demi-rel. chag. rouge, dos ornés, têtes dor., *non rognés, couv. conservées.*

Premiers tirages.

52. **Brochures politiques de 1848 à 1851.** — Réunion de plus de 150 pièces, brochures et placards de l'époque sur les Évènements politiques de 1848 à 1851, classées et réunies dans 7 dossiers ou portefeuilles.

Réunion très importante presque impossible à reconstituer aujourd'hui.

53. **Bruant** (A.). Dans la Rue. Chansons et Monologues. Dessins de Steinlen. *Paris, A. Bruant, s. d.,* 2 vol.— Sur la Route. Chansons et Monologues. Dessins de Borgex. *Chau de Courtenay, A. Bruant, s. d.* — Ens. 3 vol. in-12, *fig.*, cart. bradel dos vélin bl., têtes dor., *non rognés, couv. conservées (Champs).*

Premiers tirages.

54. **Les Capitales de l'Europe.** Promenades pittoresques, par M. Ch. Malo. *Paris, Marcilly, s. d.;* 6 vol. in-12, *fig.*, cart. gauffrés et renfermés dans une boîte avec vue en couleurs.

Jolie collection, comprenant : *Paris, Londres, Berlin, Vienne, Madrid* et *Constantinople.* Chaque volume est orné d'une *vue en couleurs.*

55. **Carr** (John). **The Stranger in France** : or, a tour from Devonshire to Paris. Illustrated by engravings in aqua tinta of sketches, taken on the Spot. By John Carr. *London, J. Johnson,* 1803 ; in-4, *planches*, rel. Cuir de Russie. *(Rel. anc.)*

Ouvrage orné de 12 belles planches gravées à l'*aquatinte* par *T. Medland, et imprimées en bistre : Vues de Rouen, Caen, Cherbourg, Bagatelle, La Malmaison,* etc.

Bel exemplaire.

56. **Célébrités contemporaines** : Littérature, Politique Beaux-Arts, Sciences, etc. *Paris, Quantin,* 1882-1888 ; 42 biographies in-12 ; *port. et fac-similés,* brochés, *couv. imp.*, dans 4 étuis.

Chaque biographie est ornée d'un *portrait à l'eau-forte* et d'un fac-similé d'autographe. Texte par J. Claretie, P. Bourget, Guy de Maupassant, etc.

57. **Les Cent-et-un Robert-Macaire.** *A Paris, chez Aubert et Cie, s. d.*; in-4, *titre front. et 101 pl.*, demi-rel. chag. brun, plats toile.

58. **Cérémonies** et fêtes qui ont eu lieu à Bruxelles, du 21 au 23 juillet 1856, à l'occasion du 25e anniversaire de S. M. le Roi Léopold Ier. Précédé d'un Résumé hist. des 25 premières années du Règne du Roi, par A. Van Hasselt. *Bruxelles*, 1856; in-fol., cart. de l'édit.

Orné d'un portrait, d'un frontispice et de 22 belles planches lithographiées et *coloriées* par *Heindrickx, Legendre* et autres.

59. **Chambrun** (le Cte de) et **St. Règis.** Wagner. Traduction avec une introduction et des notes. Illustrations par J. Wagrez. *Paris, C. Lévy*, 1895, 2 vol. — **Chambrun** (Cte de). Wagner à Munich, Francfort, Nice. *Paris, C. Lévy*, 1898, 1 vol — Ens. 3 vol. in-8, *fig.*, demi-rel. chag. lavall., têtes dor., *non rognés, couv. conservées (Pouillet).*

60. **Chapuy. L'Italie.** *London, Gambart; Paris, Goupil*, etc. *(Imp. Lemercier). S. d.*; in-fol. obl., demi-rel. chag. brun, plats toile, tr. dor.

Album de 47 lithographies sur papier teinté, par *Cicéri, Dauzat, Sabatier*, etc., d'après *Chapuy.*

61. **La Chasse au Renard.** Suite complète de 6 estampes anglaises *coloriées*, en 1 album in-fol., cart. bradel dos percal. verte.

62. **Chatauvillard** (le Cte de). Essai sur le Duel. *Paris, Bohaire*, 1836, in-8, cart. bradel, dos percal. brune, *non rogné, couv. conservée.*

63. **Christine de Suède.** Pensées de Christine, reine de Suède, avec une notice sur sa vie. *Paris, Renouard*, 1825; in-12, *port. et fac-simile*, veau fauve, tr. dor.

Jolie édition *tirée à petit nombre.*

64. **Collection des Portraits de tous les Bourbons** rendus au trône de France. Publiée comme un Monument de l'éternelle justice, et en souvenir des Campagnes mémorables des années 1813 et 1814. Par Chrétien de Méchel. *Berlin, s. d.* (1814) ; in-4, demi-rel. veau fauve avec coins, *non rogné, couv. conservée.*

Collection complète de Couverture et de 5 beaux portraits (Louis XVIII ; Charles-Philippe de France, Monsieur, frère du Roi ; duc d'Angoulême ; Duc de Berry ; et D^sse d'Angoulême), gravés par *F. W. Bollinger*, d'après *Stroehling.*

65. **Collection du Comte Armand Doria**. Album souvenir ; précédé d'un essai sur sa vie, par M. A. Alexandre. Préface de L. Roger-Milès — Tableaux modernes, aquarelles et pastels, dessins, gravures et sculptures. *Paris, G. Petit*, 1899 ; 2 vol. in-4, *pl.*, brochés, *couv. imp.*

On y a joint :

La Collection Albert Goupil. L'Art occidental, par E. Molinier. L'Art oriental par H. Lavoix. *Paris*, 1885, in-8, *fig.*, demi-rel., chag. rouge, tête dor,, *non rogné (Papier de Hollande).*

66. **Colonna** (Francesco). **Le Songe de Poliphile** ou Hypnérotamachie du frère Francesco Colonna. Littéralement traduit pour la 1re fois, avec une introd. et des notes par Cl. Popelin. Figures sur bois gravées à nouveau par A. Prunaire. *Paris, Liseux,* 1883 ; 2 vol. in-8, *fig.*, maroq. plein grenat janséniste, dent. int.. têtes dor., *non rognés, couv. conservées.*

Belle édition tirée à 400 ex. sur *papier de Hollande.* — Bel exemplaire.

67. **Coney** (J.). Gravures d'anciennes Cathédrales, Hôtels de Ville et autres édifices publics célèbres en France, en Hollande, en Allemagne et en Italie, d'après des dessins faits sur les lieux ; accompagnées de des-

criptions. *Londres, Moon, Boys et Graves*, 1832; grand in-fol., *pl.*, demi-rel. mar. vert avec coins, plats toile, tête dorée, *non rogné.*

Bel exempl. d'un ouvrage enrichi de 32 belles planches gravées à l'eau-forte sur *chine monté;* texte anglais et français.

68. **Le Conseiller des Dames** (**et des Demoiselles**). Journal d'Economie domestique et de travaux d'aiguilles, Tome Ier (1847-1848). — Tome XXI (1867-1868). *Paris*, 1847-1868; 20 vol. gr. in-8, *planches de Modes coloriées*, brochés, *couv. imp.*

Importante série en bel état. — Manque le tome XI.

69. **Convoi funèbre** des Victimes de l'attentat du 28 juillet 1835. — Lithographie par C. Lemercier, en forme de frise, mesurant environ 3 mètres 50 de long., pliée en 1 album in-fol. obl., cart. anc.

70. **Coppée** (F.). Le Reliquaire. Eau-forte de Léopold Flameng. *Paris, Lemerre*, 1866; in-12, *front.*, cart. bradel vélin bl. à recouv., tête dor., *non rogné, couv. conservée.*

Edition originale.

71. **Correspondance** secrète de Charette, Stofflet, Puisaye, Cormatin, d'Autichamp, Bernier, Frotté, Scépeaux, Botherel; du prétendant, du ci-devant Cte d'Artois, de leurs Ministres et Agens et d'autres Vendéens, Chouans et Emigrés français. Imprimés sur pièces originales. *Paris, Buisson*, an VII; 2 vol. in-8, *port.*, veau anc.

2. **Costumes des Représentans du Peuple Français.** Membre des deux Conseils, du Directoire Exécutif, des Ministres, des Tribunaux, des Messagers d'Etat, Huissiers et autres fonctionnaires publics. *Paris, Deroy*, 1795; in-8, *pl.*, cart. anc., *non rogné.*

Orné d'un front. et de 15 planches de Costumes *en couleurs* gravées par *Labrousse*, d'après *Granet St-Sauveur.*

Costumes Militaires

73. **Ambert** (J.). Esquisses historiques des différents Corps qui composent l'Armée Française. Dessiné par Ch. Aubry. *Paris*, *Degouy*, 1835, in-fol., *pl.*, demi-rel. de l'époque.

Orné d'un titre-front. et de 13 lithographies.
1re édition, bien complète en 13 planches, une édition postérieure contient 3 planches de plus.

74. **Bruun** (Chr.). **Danske Uniformer** af Chr. Bruun. *Kiobenhavn*, 1837 ; in-4, demi-rel. chag. bleu.

Suite complète de titre et 93 planches, gravées et *coloriées*, de *Costumes militaires de l'Armée Danoise.*
Cette série, la 1re de celles exécutées par Bruun, est aussi la plus rare.
Le titre et 5 planches sont plus courtes (18, 33, 34, 62 et 88) et l'une d'elles (88) est un peu tachée.

75. **Heine. Abbildungen der neuen Uniformen der Koniglich Sachsischen Armee.** Gezeichnet u. lithog. v. Heine. Gedruckt v. Louis Zoellner in Dresden. *Dresden*, *s. d.* (1834) ; in-4, demi-rel. chag. rouge.

Très belle série complète de 16 lithographies *coloriées*, de *Costumes Militaires de la Saxe.* — Rare.

76. **Hendrickx** (H.). Uniformes de l'Armée Belge, publiés d'après les dessins originaux exécutés par ordre de S. A. R. Mgr le duc de Brabant. *Bruxelles*, *Muquardt*, 1855 ; gr. in-fol. obl., demi-rel.

Suite complète de 1 titre et 4 grands tableaux lithographiés et *coloriés*, donnant les *Uniformes de l'Infanterie, la Cavalerie, l'Artillerie, Génie, Écoles, et les États-Majors Généraux de l'Armée belge.*
Très belle suite.

77\. **Knotel** (R.). Das Militarbilderbuch. Die Armeen Europas. In bildern von Richard Knötel, mit text von Hermann Vogt, herausgegeben von Julius Lohmeyer. Mit 36 bildern in farben druck und, 14 vignetten. *Glogau, Flemming, s. d.;* in-4, *fig.*, cart. ill. de l'éd. — **Knötel** (R.). Die eiserne zeit vor hundert Jahren 1806-1813. Heimatbilder aus den tagen der Prüfung und der Erhebung. *Kallowitz und Leipzig, Siwinna, s. d.* ; in-4 oblong, *fig* , cart. toile ill. de l'éditeur. — Ens. 2 vol.

78\. **Maggi. Uniformi Militari dell'Armata di S. M. Sarda.** Pubblicati per cura di Gio Batta. Maggi, provveditore di stampe di S. M. *Torino*, 1844 ; in-fol., en feuilles, dans un cart.

Série complète d'un titre avec table au dos et de 30 lithographies *coloriées* par *Gonin* et *Predone*, des *Costumes de l'Armée de Sardaigne*.

79\. **The Military Costume of Turkey ;** illustrated by a series of engravings, from drawings made on the spot. *London, Mc Lean*, 1818 ; in-fol., *planches*, mar. vert à long grain, dos orné, double dent. or et à froid sur les plats, tr. dor. *(Rel. anc.).*

Orné de 1 titre et 30 planches gravées et *coloriées* de *Costumes militaires turcs.*

Bel exemplaire.

80\. **Montfort** (J.-E.). **Manejo del Sable.** Colleccion de 40 disènos litograficos que représentan las diversas posiciones de este ejercicio à Caballo. *Barcelona, Litografica de J.-E. Montfort, s. d. ;* in-4, broché, *couv.*

Suite complète de Couverture et 40 planches de *Costumes de Cavaliers militaires espagnols*, lithographiées par *J.-E. Monfort.*

81\. **Reibisch** (Fr.-Martin). Eine Auswahl merkwürdiger Gegenstände aus der Königl. Sächsischen Rüsthammer. *Dresden, s. d.* (1825) ; 9 part. en 1 vol. in-4 oblong ; cart. anc.

Texte, plan de Dresde en 1634, et 35 lithog. *coloriées*, représentant 76 fig. d'*armes et armures* (les planc. 32 à 35 sont en noir).

82. **Sachse. Das Preussische Heer**, unter Friedrich Wilhelm IV... Gewidnet von L. Sachse et Cie. *Berlin, L. Sachse und C°*, 1845 ; in-fol., demi-rel. chag. bleu avec coins.

Suite complète de 1 couverture servant de titre et de 36 planches lithographiées et *coloriées*. — On y a joint 4 planches de *supplément*, également lithographiées et *coloriées*. — En tout 40 planches.

83. **Uniformes de l'Armée Turque**. *Lith. Cuciniello e Bianchi, s. d.*; in-4, broché.

Suite de 21 planches lithographiées et *coloriées* par *Dura*.

84. **Albums Militaires**. Réunion de 10 albums ; petit in-8 et in-12, cart. toile de l'édit.

Armée Autrichienne. *Wien, s. d.* (vers 1850). Suite de 60 planches lithographiées et *coloriées*, par *Strassgschwandtner*. 4 albums.

Armées Française et Anglaise (Guerre de Crimée, 1854). *Paris, Lalonde et Sinnett*. Suite de 50 planches lithographiées. 2 albums.

Armée Française et Armée Allemande, 1870. *Strasbourg, Fietta*. Suite de 2 front. et 50 planches lithographiées et *coloriées*, par *Wencker*. 2 albums.

Armée Française. Historiques et Uniformes des Régiments de Cuirassiers et de Dragons. Par Titeux. 60 planches en chromolith. Texte au verso. 2 albums.

84 *bis*. **Albums d'Uniformes et Costumes Militaires** en chromolithographies, avec texte explicatif. *Leipzig, M. Ruhl*; etc., 1884-1888. — Réunion de 10 albums in-8 et in-12, brochés et cart. toile.

Die Französische Armee. — Die Rüssische Armee. — Die Rumänische Armee. — Die Italienische Armee. — Die Uniformen der Deutschen Armee : Uebersichtliche Far bendarstellungen). — Die Uniformen der Deutschen Marine in detaillire ten Beschreibungen und Farbendarstellungen. — Farbentafeln über die Uniformirung der Russischen Armee. — Uniformen distinctions und Sonstige Abzeichen der Gesammten k. k. Osterr-Ungar. Wehrmacht sowie Orden und Ehrenzeichen Oesterreich. — Ungarns ; etc. — Svenska Arméns och Flottans officiers och civilmilitara Uniformer, par G. Engelhart. — Die Türkische Armee und Marine in ihrer gegenwärtigen uniformirung, etc.; gezeichnet von R. Knötel.

85. **Armée Allemande.** — Réunion de 3 albums in-8 et petit in-4 oblong, cart. de l'édit.

Das Deutsche Heer, *30 planches en chromolith.* — Deutsche Marine und Kolonial-Truppe, *25 planches en coul.* — Sieben Schlach-Fenbilder aus dem Kriege in Jahe 1866. Schlacht bei Langensalza, Königsgratz und Josephstadt, Kissingen, Tauberbischofsheim, Wüzburg, etc. *7 planches lith. et coloriées.*

---

86. **Cotman** (John Sell). **Architectural Antiquities of Normandy**, by John Sell Cotman; accompagned by Historical and descriptive notices by Dawson Turner. *London, Arch.*, 1822, 2 parties en 1 vol. in-fol., *planches*, demi-rel. chag. brun avec coins.

Ouvrage capital, orné de 100 planches gravées. — Bel ex. de la *Première édition*.

87. **Coxe** (William). Travels in Switzerland and the Country of the Grisons : in a series of letters to William Melmoth, from William Coxe. *London, Cadell*, 1794; 2 vol. in-4, *planches*, veau anc.

Ouvrage orné de 27 planches à l'*aquatinte* et d'une carte.

88. **Crowquill** (Alfred). Alfred Crowquill's Sketches from Julliens Bal Masque, Covent Garden Théâtre. *Londres, Publ. by E. Sidebetham, s. d.*; in-4, demi-rel.

Album de titre-front. et de 12 planches lithographiées et *coloriées*, représentant des *Travestissements*.

89. **La Danse des Morts**, comme elle est dépeinte dans la louable et célèbre ville de Basle, pour servir de miroir de la nature humaine. Dess. et gravée sur l'original de feu Mr Mathieu Merian. On y a ajouté une description de la ville de Basle, et des vers à chaque figure. *Basle, Im-Hof et fils*, 1789 ; in-4, *fig.*, cart. anc.

Texte français et allemand.

90. **Darjou** (A.). Les Plaisirs de Baden. Album de 30 lithographies, par A. Darjou. *Paris, au bureau du Charivari et chez Hautecœur fr., s. d.*; in-4, broché, *couv. ill.*

Album de titre et 30 lithographies. Bel ex.

91. **Destailleur** (H.). Recueil d'Estampes relatives à l'ornementation des appartements aux XVIe, XVIIe et XVIIIe siècles. Publiés sous la direction et avec un texte explicatif par M. H. Destailleur, gravées en fac-simile par MM. R. Pfnor, Carresse et Riester, d'après les compositions de Du Cerceau, Le Pautre, Bérain, D. Marot, Meissonnier, Lalonde, etc. *Paris, Rapilly*, 1863-1871 ; 2 tomes en 1 fort vol. in-fol., *144 planches*, demi-rel. chag. brun, dos orné, *non rognés*.

Epuisé.

92. **Devéria** (E.). Costumes de la Vallée d'Ossau. *Pau*, 1844 ; in-fol., en feuilles, *sous couv. ill.*

Suite de 1 couverture, titre et 6 lithographies *coloriés.*

93. **Devéria** (A.) ? **Costumes français**, du XVIe au XVIIIe siècle. **40 Aquarelles** originales, montées en 1 vol. in-fol., demi-rel. mar. brun avec coins.

94. **Divers.** — Réunion de 3 ouvrages in 12, demi-rel. chag. brun et vert, têtes dorées, *non rognés, couv. conservées.*

Costa de Beauregard (Mis). Courtes Pages. *Paris, Plon, s. d.* (1902) *(1re édition)*. — **Wyzewa** (Teodor de). Ecrivains étrangers : Nietzsche, Tennyson, E. Poë, Tolstoï, Ibsen, etc. *Paris, Perrin*, 1896 (*1re édition*). — **Marc-Aurèle Antonin.** Pensées. Trad. nouvelle par A. Pierron. *Paris, Charpentier*, 1843.

94 *bis*. **Divers.** — Réunion de 4 ouvrages in-8 et in-12, broché, cart. et reliés.

Sta (H. de). Une journée de garnison. *Paris, Vanier*, 1833 ; demi-rel. mar. lavall. foncé avec coins, tête dor., *non* *rogné, couv. conservée* (*Bretault*). Bel ex. sur *papier de chine*. — **Maillard** (F.). Les publications de la Rue pendant le Siège et la Commune. Bibliographie pittoresque et anecdotique. *Paris, Aubry*, 1874; *front.*, cart. percal., *non rogné, couv. conservée* (*Pierson*). — **Thèbes** (Mme de). Le Livre de tous les Prodiges et de tous les Mystères. L'an 1903. Conseils et prophéties. *Paris, Juven, s. d.*; cart., dos percal., tête dor., *non rogné, couv. conservée*. — **Roger de Beauvoir**. Nos Généraux, 1871-1884. Avec 136 dessins à la plume. *Paris*, 1885; broché, *couv. ill.*

95. **Doré** (G.). Trois Artistes incompris et mécontens, leur voyage en province... ou ailleurs!! leur faim dévorante et leur déplorable fin. *Paris, Arnauld de Vresse, s. d.*; in-4, cart. anc

Album de titre-frontispice et 25 planches lithographiés.— Bel exemplaire.

96. **D'Ormancy** (l'abbé). *Vte de Fréjacques*. Illustrations de la Noblesse Européenne. Ouvrage orné de 21 blasons magnifiquement coloriés d'après les Emaux. *Paris*, 1848; in-4, *planches de blasons coloriés*, demi-rel. veau bl., dos orné, *non rogné*.

97. **Dubourg** (M.). **Views of the Remains** of ancient Buildings in Rome, and its Vicinity. With a descriptive and historical account of each subject. *London, J. Taylor* (1820); cart. toile de l'édit., tr. dor.

Bel ouvrage. Orné de 26 belles planches gravées à l'*aquatinte* et très finement *coloriées*.

98. **Eckersberg** (J. F.). **Udvalgte Norske** Nationaldragter tegnede af forskjellige norske Kunstnere og ledsagede med oplysende Text. Udgivne af Chr Tônsberg. *Christiana, s. d.*; in-4, cart. toile de l'édit.

Orné d'un titre-frontispice et de 15 belles planches lithographiées *en couleurs* de *Costumes de la Norvège*.

99. **Ecole de St-Cyr**. Album des Elèves de l'Ecole Royale spéciale militaire, ou Souvenirs de St-Cyr. Composé des vues les plus intéressantes de l'Ecole.

Texte par L. Richoux. Lithographie par **Courtin** et Jacottet, les figures par V. Adam. *Paris, Engelmann*, 1829, in-4, *14 planches sur papier de chine*, demi-rel.

100. **Eden** (Miss). **Portraits of the Princes and People of India**, by the Honble Miss Eden. Drawn on the stone by L. Dickinson. *London*, 1844; gr. in-fol., demi-rel. chag. brun, plats toile.

T[illegible]e-frontispice, liste des planches, et 24 planches avec 28 sujets, lithographiées et *coloriées*, accompagnées d'un texte explicatif.

101. **L'Escarmouche**. Directeur: G. Darien 1re année, n° 1, 12 nov. 1893 — 2e année, n° 2, 14 janv. 1894; 10 numéros. — **La Feuille**, par Zo d'Axa. Dessins de Steinlen, Willette, Léandre, Hermann-Paul, Couturier, Anquetin, Luce. *Paris*, 1900. 25 numéros. — Ens. 2 albums in-fol., cart. dos percal. verte et brune, *non rogné*.

On y a joint :

L'Assiette au beurre. Du n° 127 (5 sept. 1903) au n° 139 (28 nov. 1903) et n° 205 (4 mars 1905) au n° 208 (25 mars 1905), soit 17 numéros en 4 albums.

102. **Escrime, Boxe, Equitation.** — Réunion de 4 ouvrages in-12 et in-8.

Mauroy (V.). Mémento de l'Escrimeur. *Paris, lib. de Bibliophiles*, 1887; cart. dos et coins vél. bl., tête dor., *non rogné*.— **Brunet** (Romuald) Traité d'Escrime. Pointe et contre pointe. *Paris, Rouveyre*, 1884 ; *fig.*, demi-rel. mar. rouge, tête dor., *non rogné, couv. conservée* (*Ruban*).— **Charlemont** (J.). La Boxe Française. Traité théorique et pratique. *Paris, Dumaine*, 1877 ; *fig.*, demi-rel. chag. rouge avec coins, tête dor., *non rogné, couv. conservée*. **Fillis** (James) Principes de dressage et d'équitation. *Paris, Marpon*, 1890; *35 planches*, demi-rel. chag. brun avec coins, tête dor., *non rogné*.

103. **Ferrari. Costumi Ecclesiastici,** Civili e Militar della Corte di Roma, disegnati all' acquaforte da Filippo Ferrari. *Roma.* 1823; in-4, rel. parchemin (*Rel. anc.*).

Recueil composé d'un titre et de 61 planches gravées à l'eau-forte et *coloriées.*

104. **Ferrari. Costumes Ecclésiastiques,** Civils et Militaires de Rome, sous le Pontificat de Léon XII. 1823-1829. *A Paris, chez P. Marino, et Florence, s. d.;* in-4, demi-rel. mar. rouge avec coins, tête dor.

Recueil de 38 planches lithographiées par *Levilly*, d'après *Ferrari*, et *coloriées.*

105. **Ferrari. États du Pape.** Costumes dessinés sur les lieux par Philippe Ferrari et publiés par P. Marino. *Paris, s. d.;* in-fol., cart. anc., dos et coins vélin.

Suite complète de titre et 30 planches lithographiées par *Levilly*, d'après *Ferrari, et coloriées.*

Bel ex.

106. **Ferrari** (F.). **Raccolta di Costumi dello Stato Romano.** Disegnati ed incisi all' acquaforte da Filippo Ferrari. *Roma*, 1826; in-4, demi-rel.

Titre-frontispice et 30 planches de Costumes des Etats Romains, gravées à l'eau-forte et *coloriées.*

107. **Forain** (J.-L.). La Comédie Parisienne, 250 dessins. 3e mille. *Paris, Charpentier et Fasquelle*, 1892. — Doux Pays. 189 dessins. *Paris, Plon*, 1897. — Ens. 2 vol. in-12, demi-rel. mar. bleu et lavall., dos ornés avec mos., têtes dor., *non rognés, couv. conservées (Pouillet).*

Le 2e vol. est en *Premier Tirage.*

108. **Forain.** Nous, vous, eux! *Paris, Publications de la Vie Parisienne, s. d.;* in-4, broché, *couv. ill.*

Album de 50 dessins par J.-L. Forain. Une des meilleures productions de l'artiste.

Un des 50 ex. sur **papier du Japon.**

109. **Fossé**. Idées d'un Militaire pour la disposition des troupes confiées aux jeunes officiers dans la défense et l'attaque des Petits Postes. *Paris, A. Jombert (de l'imp. de F.-A. Didot l'aîné)*; 1783 ; in-4, *planches*, demi rel. anc.

Ouvrage *rare*, orné des *armoiries du Duc du Chatelet*, à qui l'ouvrage est dédié, et de 11 planches **imprimées en couleurs**, gravées par **Louis-Marin Bonnet**, *premier graveur dans ce genre*.
Bel exemplaire.

110. **Gagarine** (Le P[ce] Grégoire). **Le Caucase pittoresque**, dessiné d'après nature par le prince Grégoire Gagarine, avec une introduction et un texte explicatif par le Cte Ernest Stackelberg. *Paris, Plon frères*, 1847; in-fol., *planches*, en ff., *couv.*

Ouvrage accompagné d'une carte, d'un frontispice et de 80 planches lithographiées en noir et *en couleurs*.

111. **Gailhabaud** (Jules). Monuments Anciens et Modernes. Collection formant une Histoire de l'Architecture des différents peuples à toutes les époques. Publiée par J. Gailhabaud avec la collaboration des principaux archéologues. *Paris, Firmin Didot*, 1870 ; 4 vol. in-4, en feuilles, sous cart. spéc.

Ouvrage renfermant 400 planches gravées. Publié à 300 f.

112. **Galerie des Artistes dramatiques de Paris.** 40 (80) portraits en pied dessinés d'après nature par Al. Lacauchie et accompagnés d'autant de portraits littéraires. *Paris, Marchant*, 1841-1842 ; 2 tomes en 1 vol. in-4, *pl.*, demi-rel. chag. vert avec coins, *non rogné*.

Avec 80 portraits en pied par *Lacauchie*, sur *papier de chine*. — Bel exemplaire.

113. **Gardeton** (C.). Bibliographie musicale de la France et de l'Etranger, ou Histoire générale systématique de tous les traités et œuvres de musique vocale et instru-

mentale, imprimés ou gravés en Europe jusqu'à ce jour, avec l'indication des lieux de l'impression, des marchands et des prix. *Paris*, 1822; in-8, cart. bradel dos vélin vert, *non rogné*, *couv. conservée*.

114. **Gatine. Travestissemens.** Suite de 22 planches gravées par Gatine, d'après Gavarni, *coloriées*, reliés en 1 vol. in-4, demi-rel. veau fauve avec coins.

Jolie suite. — Manque la pl. 17.

115. **Gavarni.** Album Comique. **Les Débardeurs.** *Paris, chez Bauger (Imp. d'Aubert et Cie)*; in-4, broché, *couv. imp.*

Album de 34 planches lithographiées. Bel exemplaire.

116. **Gavarni. Le Carnaval à Paris.** *Paris, chez Bauger (Imp. d'Aubert)*; In-4, demi-rel. veau fauve avec coins.

Suite de 37 planches (sur 40) lithographiées et *coloriées*. Manque les pl. 22, 25 et 32; les pl. 21, 23 et 24 sont *en noir*.

Bel exemplaire.

117. **Gavarni. Fourberie des Femmes** en matière de sentiment. 2e série. *Paris, chez Bauger (Imp. d'Aubert), s. d.*; in-4, demi-rel. chag. bleu.

Suite complète de 52 planches lithographiées. — 14 planches un peu plus courtes ont été remargées; la pl. 17 est *avant la lettre*.

118. **Gavarni.** Grand Album Gavarni. 40 des plus jolies caricatures de Gavarni. *Paris, chez Beauger, s. d.*; in-4, demi-rel. de l'époque.

Album de titre et 40 lithographies de Gavarni : *La Campagne*, 2 pl.; *Les Plaisirs champêtres*, 5 pl.; *Le Chevalier de Nogaroulet*, 6 pl.; *Revers de Médailles*, 3 pl.; *Interjections*, 4 pl.; *Industrie des Enfants*, 1 pl.; *Les Phrases*, 4 pl.; *Les Rêves*, 6 pl.; et *La Politique*, 9 pl.

119. **Gavarni.** Œuvres choisies de Gavarni, revues, corrigées et nouvellement classées par l'auteur. — Études de mœurs contemporaines. Avec des notices en tête

de chaque série, par Th. Gautier, P.-J. Stahl, etc. *Paris, Helzel*, 1846-1848 ; 4 tomes en 2 vol. gr. in-8, demi-rel. chag. bleu avec coins, têtes dor., *non rognés*.

Premier tirage.

120. **Gegout et Malato**. Prison fin de siècle. Souvenirs de Pélagie. Illustrations de Steinlen. *Paris, Charpentier et Fasquelle*, 1891 ; in-12, *fig.*, cart. vélin blanc à recouv., tête rouge, *non rogné*, *couv. conservée* (*Pouillet*).

Premier tirage. Bel ex. orné d'une **aquarelle originale** sur le plat de la reliure. On y a joint l'affiche illustrée de l'ouvrage.

121. **Geissler. Foire de Hambourg.** *S. l., n. d.* (vers 1807) ; in-4 obl., demi-rel. veau fauve avec coins.

Suite de 6 curieuses estampes ovales gravées à l'aquatinte et *coloriées*. — Rare.

122. **Gérard-Fontallard**. Histoire d'une Épingle par elle-même, en seize tableaux. Composés et lithographiés par H. Gérard-Fontallard, accompagnés d'un texte. *Paris, s. d.*; in-4, demi-rel. veau fauve avec coins.

Suite complète de 1 couverture illustrée, 1 ff. texte, et 16 lithographies *coloriées*.
Bel exemplaire.

123. **Gerbault** (H.). Achetez-moi, joli blond ! Contenant 100 dessins. — Bonjour, M'sieurs Dames. Contenant 100 dessins. — *Paris, S. Empis*, 1900-1903, 2 vol. in-12, demi-rel. bradel, chag. rose et bleu, dos ornés, têtes dor., *non rognés*.

Premiers tirages.

124. **La Giberne**. Publication mensuelle illustrée en noir et en couleurs. De l'orig. 1899-1900 à la 6e année, 1904-1905. *Paris*, 1899-1905 ; 6 vol. in-8, *planches*, cart. bradel, dos percal. verte, *non rognés, couv. conservées.*

125. **Gill** (A.). La Parodie. *Paris*, 4 juin 1869. — 16 janv. 1870, 21 numéros. In-4, *fig.*, broché, *non rogné (Collection complète)*. — **Le Petit** (A.). Fleurs, fruits et légumes du jour. *Paris* (1871). In-4, cart. ill. *Titre front. et 31 planches coloriées.* — **Les Hommes du Jour.** Portraits-charges en couleurs, avec Biographies anecdotiques. Du n° 1 au n° 469. *Paris, Vanier*; in-4. *469 numéros.*

126. **Girtin** (Th.). **A Selection of Twenty of the most Picturesque Views in Paris** and its Environs, drawn and etched in the year 1802, by the late Thomas Girtin. *London, M. A. and J. Girtin*, 1803; gr. in-fol. obl., cart. anc.

Beau recueil, composé de titre, dédicace à George, Cte d'Essex, et 20 belles planches gravées à l'*aquatinte* par *F.-C. Lewis, Harraden*, etc., d'après *Th. Girtin*, et *imprimées en bistre : Vues de Paris et des environs.*

On a y ajouté *un superbe portrait* de Thomas Girtin, gravé à la *manière noire* par *S.-W. Reynolds*, d'après *J. Opée*; 1817. In-fol. Belle épr.

127. **Gœthe.** Œuvres de Gœthe. Traduction nouvelle par par J. Porchat. *Paris, Hachette et Cie*; 1860-1863, 10 vol. in-8, *port.*, demi-rel. chag. bleu, tr. jasp.

128. **Goncourt** (Ed. et J. de). Histoire de Marie-Antoinette. Edition ornée d'encadrements à chaque page par Giacomelli et de 12 planches hors texte, reproductions d'originaux du XVIIIe siècle. *Paris, Charpentier*, 1878; in-4, *fig.*, broché, *couv. ill.* (*Dos cassé*).

Premier tirage. — Ex. auquel on a joint la planche du « *Bol-Sein* ».

129. **Graphic Illustrations** of the most prominent feature of the French Capital, with characteristic figures in the foregrounds : comprised in twelve stroke engravings, from accurate designs taken in Paris, during

the Imperial reign of Buonaparte. *London, Howlett, s. d.*; in-fol., demi-rel. anc.

Titre et 12 grandes planches gravées par *Sparrow, Porter, Angus*, etc., d'après *Demachy*.
Suite curieuse et rare.

130. **Grand-Carteret** (J.). Bismarck en Caricatures. Avec 140 reproductions. *Paris, Perrin*, 1890. — Crispi, Bismarck et la Triple Alliance. Avec 140 reproductions. *Paris, Delagrave*, 1891. — Le Musée pittoresque du Voyage du Tsar. Avec 218 vignettes. *Paris, Fasquelle*, 1897. — Les Caricatures de l'Alliance Franco-Russe. 88 reproductions. *Paris, May et Motteroz, s. d.* — Ens. 4 vol. in-12, *fig.*, demi-rel. chag. grenat et cart. bradel, dos vélin bl. et percal., têtes dor., *non rognés, couv. conservées*.

131. **Grand-Carteret** (J.). Raphaël et Gambrinus ou l'art dans la brasserie. Front. par M. Desboutin. Illustrations de Pille, G. Jeanniot, Danton, Félix Régamey, Mars, J. Adeline, etc. *Paris, Westhausser*, 1886 ; petit in-8, *fig.*, broché, *couv. ill.*

Premier tirage. — *Ex. auquel on a joint* **180 fumés** *ou tirage à part sur chine et sur vélin des illustrations du texte.*

132. **Grandville** (J. J.). Les Métamorphoses du jour. *Paris, chez Bulla et chez Martinet, s. d.* (1829). In-fol. demi-rel. mar. vert à long grain, dos orné, *non rogné*.

Suite de 67 lithographies *coloriées* (sur 73) de cette intéressante série de *J. J. Grandville*. — Manque les pl. 59, 62, 63, 68, 72 et 73).
Premier tirage. — 5 planches sont plus courtes.

132 *bis*. **Grandville** (J. J.). Métamorphoses du Jour ou les Hommes à têtes de bêtes. *Paris, Aubert*, 1836 ; in-4 obl., demi-rel.

Edition comprenant titre et 71 planches en noir. — La pl. 33 a été légèrement coloriée.

133. **Grandville**. Scènes de la vie privée et publique des Animaux. Vignettes par Grandville. Etudes de mœurs comtemporaines publiées sous la direction de M. P.-J. Stahl. *Paris, Hetzel et Paulin*, 1842 ; 2 vol. gr. in-8, *fig.*, demi-rel. chag bl. avec coins, dos ornés, tr. dor. *(Rel. de l'époque).*

Premier tirage.

134. **Grévin**. Almanach des Parisiennes. 8e année 1877 — 17e année 1886. *Paris*, 1877-1886 ; 10 années en 1 vol. petit in-4, *fig.*, cart. toile fantaisie, *non rogné, couv. conservée.* — **Grévin**. Esprit des Femmes. Avec préface par P. Véron. *Paris, Dusacq, s. d.* ; in-4, *pl.*, cart. de l'édit., tr. dor. — Ens. 2 vol.

135. **Guillaume** (A.). Madame veut rire. Contenant 100 dessins — Contre le Spleen. Contenant 100 dessins. – Pour quand il pleut. Contenant 100 dessins. — *Paris, S. Empis*, 1902-1903 ; 3 vol. in 12, cart. bradel dos percal., têtes dor., *non rognés, couv, conservées.*

Premiers tirages.

136. **Gyp**. Bob au Salon de 1889 — Les Gens chics. Images en couleurs par Bob. — Ohé ! les dirigeants ! images coloriées du petit Bob. — En Balade. Images coloriées du petit Bob. *Paris, 1889-1896 et s. d.* — Ens. 4 vol., dont 1 in-8, en demi-rel. chag. rouge, et 3 in-12, demi-rel. chag. grenat et bl., têtes dor., *non rognés, couv. conservées (Pouillet).*

Editions originales.

137. **The " Halls "**. Pictured by G.-F. Scotson-Clark. *London, Fisher-Unwin, s. d.*; in-4, *pl.*, cart. toile de l'édit.

Volume orné d'un front. et de 24 portraits d'*artistes de music-halls*, en *chromolithographie.*

138. **Hassell** (J.). **Aqua Pictura**. Illustrated by a series of original specimens from the Works of MM. Payne, Munn, Francia, Samuel, Varley, Wheatley, Young, Christal, Cartwright, Owen, Glover, Turner, Loutherbourg, etc. Exhibiting the Works of the most approved modern water coloured draftsmen, with their style and method of touch, engraved and finished in progressive examples. *London, s. d.* (1813) ; in-fol. obl., *planches*, demi-rel. chag. lavall. avec coins, tr. dor.

Très curieux volume donnant la reproduction de *16 aquarelles* des Maîtres anglais sous leurs formes successives, soit 4 planches pour chacune, dont 1 *en couleurs*. Le texte indique les différentes couleurs à employer dans l'ordre.

139. **Heath**. The Caricaturist's Scrap Book. *London, Ch. Tilt ; s. d.* ; in-4 obl., cart. toile de l'édit.

Album renfermant 60 planches gravées : *Omnium Gatherum ; Demonology et Witchcraft ; Old Way's and New Way's ; Nautical-Dictionary ; the Art of Tormenting* ; etc.

140. **Historique** du 3e Régiment de Hussards, de 1764 à 1887. Par Raoul Dupuy. *Paris, Piaget*, 1887 ; gr. in-8, *planches*, broché, *couv. ill.*

Un des 20 ex. sur **papier du Japon**, avec *double suite* des gravures en noir *et en couleur*.

140 *bis*. **Historique** du 82e Régiment d'Infanterie de ligne et du 7e Rég[t] d'Infanterie légère, 1684-1876. Par P. Arvers. *Paris, Lahure*, 1876. — **Historique** du 40e Régiment d'Infanterie de Ligne. Par Emile Coste. *Paris, Chamerot*, 1887. — 2 vol. in-8, *planches*, le 1er cart. bradel, dos percal. rouge, *non rogné, couv. conservée* ; le 2e, broché, *couv. imp.*

141. **Historique** du 3e Régiment de Dragons, par le Capitaine André de Bonnières de Wierre. Illustré par le Commandant Amiel, 1649-1892. *Nantes*, 1892 ; in-8, *pl. en couleurs*, cart. toile bleue, *non rogné.*

142. **Hocquart** (Ed.). Le Duc de Berry, ou Vertus et belles actions d'un Bourbon. *Paris, imp. de Didot le Jeun* 1820 ; in 4, *port.*, *pl. et fac-simile*, demi-rel.

Orné d'un portrait et de 11 planches dess. par *Fragonard* , *Chasselat*, *Desenne*, etc., gravées à l'*aquatinte* par *Jazet*, *Charron*, etc., et d'un fac-simile d'autographe.

143. **Hogarth** (W.). **The Works** of William Hogarth ; in a Series of Engravings : with Descriptions and a Comment on their moral tendency, by the Rev. John Trusler. To which are added, anecdotes of the author and his works, by J. Hogarth and J. Nichols. *London, Jones and C°*, 1833 ; in-4, *pl.*, veau fauve, tr. marb.

Portrait et 106 planches (*sur 108*) gravées sur acier des principales œuvres du célèbre peintre anglais.

144. **Hortense** (Reine). **Romances** mises en musique, par Hortense, Duchesse de St-Leu, ex-Reine de Hollande. *London, s. d.* ; in-4 obl., *pl.*, mar. vert. à long grain, dos orné, compart. de dent. or et à froid sur les plats, tr. dor. *(Rel. de l'époque).*

Première édition, composée du titre, du portrait de l'auteur, d'un fac-simile d'autographe, de 16 planches gravées à l'*aquatinte*, par *W. Read*, d'après les dessins de Mme la D^sse de St-Leu, *imprimées en bistre* et de 12 romances, avec musique.

Très bel album, rare.

144 *bis*. **Hortense** (Reine). Livre d'Art de la Reine Hortense. Une Visite à Augsbourg. Esquisse biographique, Lettres, Dessins et Musique. *Paris, Heugel et Cie, s. d.* ; in-4 obl., cart. rose, armoiries de la Reine Hortense sur les plats *(Cart. de l'Éditeur).*

Edition ornée d'une dédicace à Napoléon III, d'un portrait lithographié par L. Noël, *sur chine*, d'un fac-simile d'autographe, d'un titre et 7 frontispices en *chromolithographie*, de 6 lithographies par *Sorrieu* d'après les dessins de la Reine Hortense. Texte imprimé en vert avec encadrement or et musique notée.

Exemplaire en **grand papier**, de toute fraîcheur.

145. **Huard** (Ch.). Province. 100 dessins. *Paris, Sévin et Rey, s. d.* — **Hermann-Paul.** Deux cents dessins, 1897-1899. *Paris, Revue Blanche,* 1900. — **Steinlen.** Dans la Vie. Cent dessins en couleurs. *Paris, Sévin et Rey,* 1901. — Ens. 3 vol. in-12, cart. bradel dos percal., têtes dor., *non rognés, couv. conservées.*

Premiers tirages.

146. **Hugo** (V.). Napoléon le Petit. *Paris, M. Lévy frères,* 1875 ; in-8, demi-rel. mar. rouge, *non rogné, couv. cons.*

Edition originale. — Bel ex. sur **papier de Hollande,** avec *envoi.*

147. **Hyères** (**Views near**). Collection de **60 dessins** originaux anglais, au crayon et au lavis, montés en 1 album in-fol., maroq. rouge à grain long, dos orné, dent. grecque sur les plats, tr. dor. *(Rel. anc.).*

Curieux recueil de croquis pris au commencement du XIXe siècle par un artiste anglais, représentant les sites pittoresques d'*Hyères,* de *Toulon,* des *Iles de Porquerolles,* de *Fréjus,* de *Cannes,* des *Iles Sainte-Marguerite,* d'*Antibes,* etc.

Belle reliure.

148. **Imperatorvm** et Cæsarvm Vitæ, cum Imaginibus ad uiuam effigiem expressis. Libellus auctus cum elencho et Iconiis Consulum ab Authore (Joannes Huttichius). 1534 (à la fin) : *Argentorati, Vuolphangus Caphalœus,* 1534 ; In-4, *fig.,* rel. parch. blanc à recouvr.

Ouvrage orné des portraits des empereurs romains, de ceux de Constantinople et d'Allemagne, gravées sur bois, en blanc, sur fond noir (par *Vogdherr*) et de fort belles bordures, gravées de même (par *Hans Weiditz*).

149. **James** (J. T.). **Journal of a Tour in Germany,** Sweden, Russia, Poland, during the years 1813 and 1814. *London, J. Murray,* 1816 ; in-4, *planches,* veau rac.

Ouvrage orné de 18 planches hors texte gravées à l'eau-forte et à l'*aquatinte : Vues d'Allemagne, Suède, Russie et Pologne.*

150. **Janin** (J.). Rachel et la Tragédie. Ouvrage orné de 10 photographies représentant Mlle Rachel dans ses principaux Rôles. *Paris, Amyot*, 1859 ; gr. in-8, *pl.*, cart. bradel, dos percal. bl., *non rogné, couv. conservée.*

151. **Japhet** (A.). Les Gros Bonnets du Village. Suite de croquis par A. Japhet. *Paris, Arnauld de Vresse, s. d.* ; in-4, broché.

Album de titre-front. et 21 lithographies *coloriées*.

152. **Jullien** (Ad.). Musiciens d'aujourd'hui. *Paris, Lib. de l'Art*, 1892-1894 ; 2 vol. in-12, *port. et fac-similés*, demi-rel. bradel mar. lavall. avec coins, têtes dor., *non rognés, couv. conservées.*

Bel Ex. Un des 10 sur **papier du Japon**.

153. **Kinsey** (Révd W. M.). **Portugal Illustrated.** *London*, 1828 ; gr. in-8, *carte et planches*, cart. anc., *non rogné.*

Ouvrage orné de 1 carte, de 8 pp. de musique, de 19 planches gravées, sur *papier de chine*, et de 9 planches de Costumes, *coloriées*.

154. **Klein** (J.-A.). Radirungen von J.-A. Klein. *Nurnberg, s. d.* ; in-4, demi-rel. chag. rouge avec coins.

Recueil de 1 titre gravé et 99 eaux-fortes de l'*Œuvre de J.-A. Klein*, peintre et graveur à l'eau-forte, né à Nuremremberg en 1732, et comprenant des *études d'animaux, des voitures, des costumes*, etc.

155. **Labédollière** (E. de). Histoire de la Garde Nationale. Illustrée de dessins coloriés gravés sur acier de Pauquet. *Paris, Dumineray*, 1848 ; in-12, *fig.*, demi-rel. mar. bleu à long grain avec coins, dos orné, tête dor. — **Marco de St-Hilaire** (E.). Histoire populaire de la Garde Impériale. Illustrée de 41 gravures à part par R. de Moraine, avec types, coloriées à l'aquarelle. *Paris, Lecou, s. d.*; in-8, *fig.*, demi-rel. chag. vert, dos orné, tête dor., *ébarbé.* — **Guérin** (L.). Histoire

maritime de France. Avec 31 gravures d'après les dessins de T. Johannot, Isabey, Raffet, etc. *Paris, Ledoux*, 1863; 2 vol. in-8, *fig.*, cart. toile de l'Edit., tr. dor. — Ensemble 4 vol.

156. **La Bruyère.** Les Caractères de La Bruyère, suivis des caractères de Théophraste, traduits du grecs par le même. *Paris, Lefèvre (Imp. de Didot)*, 1824; 2 vol. in-8, *port.*, veau bleu, dos ornés, fil. or, dent. et milieu à froid, dent. int., tr. dor. *(Gaudreau).*

157. **Lacroix** (P.) **Moyen-âge et Renaissance.** Mœurs, Usages et Costumes. — Vie Militaire et Religieuse. — Les Arts. — *Paris, F. Didot*, 1871-1873; 3 vol. gr. in-8, *fig.*, les 2 premiers reliés en demi chagr. vert et rouge, plats toile, ornés fers spéc., tr. dor. *(Rel. de l'édit.)*; le 3e, en reliure pleine en mar. bleu à long grain, armoiries anglaises sur les plats, dent. int., tr. dor.

Ouvrages illustrés de 48 planches en *chromolithographie* et de 1249 gravures sur bois.

158. **La Fontaine.** Fables. Suite des 59 estampes (Réimpression des planches d'Oudry, cuivres coupées). *S. l., n. d*; petit in-4 obl., demi rel. chag. brun avec coins, *non rogné.*

159. **La Fontaine.** Fables de La Fontaine; avec les dessins de G. Doré. *Paris, Hachette*, 1868; petit in-fol., *fig.*, en feuilles.

Premier tirage. — Bel ex. auquel on a ajouté les *8 planches refusées par l'éditeur.*

160. **Lamartine.** Graziella, par A. de Lamartine. Avec les dessins d'Alfred de Curzon. *Paris, Furne, Hachette, Pagnerre*, 1863; in-4, *planches*, cart. toile rouge, *complèt. non rogné (Cart. de l'édit.).*

161. **Lamartine.** Œuvres poëtiques de Lamartine. *Paris, Furne, Pagnerre, Hachette et Cie*, 1875-1879; 6 vol. in-12, reliés bradel vélin bl. à recouv., têtes rouges, *non rognés (Pouillet).*

162. **Lami** (Eug.). Six quartiers de Paris. *S. l., n. d. (Paris, Delpech, 1827)* ; in-4 obl., demi-rel. veau fauve avec coins.

Suite complète de titre et 6 lithographies *coloriées*. — Les noms et adresses des imprimeur et éditeur, ont été grattés. Le titre est plus court.

163. **Lançon** (A.). Les Trappistes. 10 dessins gravés a l'eau-forte, par A. Lançon. *Paris, Quantin*, 1883 ; in-fol., en feuilles, dans un cart. spécial.

Tiré à 250 exemplaires. Un des **50 ex. avec deux suites des planches avant la lettre, sur Hollande et sur Japon.**

164. **Langlois** (C.). Voyage pittoresque et militaire en Espagne. Dédié à S. E. M[r] le M[al] Gouvion St-Cyr. *Paris, Engelmann, s. d.* (1830) ; in-fol., *planches*, demi-rel. veau fauve avec coins.

Ouvrage orné de 40 planches lithographiées sur *papier de Chine.*

165. **Lanté et Gatine. Galerie Française des Femmes** célèbres par leurs talens, leur rang ou leur beauté. Portraits en pied, dessinés par M. Lanté, gravés par M. Gatine et coloriés. Avec notices biographiques par M. de la Mésangère. *Paris*, 1847 ; in-4, *planches*, demi-rel. chag. brun.

Ouvrage accompagné de 70 planches gravées et *coloriées*, interessantes pour les costumes de femmes du XIIe au XVIIIe siècle.

166. **Lear** (Fanny). Le Roman d'une Américaine en Russie. Accompagné de lettres originales. *Bruxelles, A. Lacroix*, 1875 ; in-12, broché, *couv. factice.*

Exemplaire sur **papier de Hollande**.

167. **Lecomte** (H.). Costumes de l'Italie, du Tyrol, de la Turquie, de l'Espagne, etc. *S. l., n. d.* (1817-1819). In-4, cart.

20 planches lithographiées et *coloriées*, par *H. Lecomte.*

168. **Leittner** (Quirin). Gedenkblatter aus der Geschichte des K. K. Heeres. *Wien, H. Martin*, 1868. 1 vol., texte ; in 8, broché, et 1 album gr. in-fol. obl., en ff., dans un cart. ill.

L'Album renferme 42 planches lithographiées *sur chine*, de *Scènes Militaires et Batailles*, par *Gerasch*, *Bauer*, *Greil*, etc., d'après *Geiger*, *Gaul*, *L'Allemand*, *Camphausen*, etc.

169. **Lemaitre** (J.). Les Vieux Livres. *Paris, L. Gougy*, 1906; petit in-8, *port.*, broché, *couv. imp.*

Edition originale. — Tiré à petit nombre sur *papier de Hollande*. Non mis dans le commerce.

170. **Lenbach** (Franz von). 40 bisher night veroffentlichte studien, skizzen und Werke des Kunstlers. Biographischer text von A. Rosenberg. *Breslau*, 1899, *avec 25 pl. contenant 40 reproductions.* — **V. Hynais**. Eine auswahl seiner werke aus den Jahren 1891-1901. Text von Karl B. Mádl. *Prag*, 1904, *avec port. et 26 pl. en chromotyp. et héliog.* — Ens. 2 vol. in-fol., cart. de l'édit., fers spéc.

171. **Le Poitevin**. Les Diables de Lithographies. Par Le Poitevin. *Paris, chez Aumont ; London, Ch. Tilt* ; *s. d.*, gr. in-fol., cart. bradel, dos percal. bl., *non rogné.*

Suite de 1 couverture illustrée et 13 planches lithographiées à plusieurs sujets représentant des diableries.
Bel exemplaire.

172. **Le Roux de Lincy et C. Leynadier**. Les Femmes célèbres de l'Ancienne France. Depuis le ve jusqu'à la fin du xviiie siècle. *Paris, Arnauld de Vresse*, 1858; 2 parties en 1 vol. in-4, demi-rel. chag. noir, plats toile, tr. dor.

Ouvrage accompagné de 1 front. et de 77 planches *coloriées*, dessinées par *Lanté* et gravées par *Gatine.*

173. **LES LETTRES ET LES ARTS**. Revue illustrée. *Paris, Boussod et Valadon*, 1886-1889 ; 16 tomes en 48 livraisons ; in-4, *fig.*, brochés, *couv. imp.*

Collection complète.

174. **Lorentz**. Polichinel, ex-Roi des Marionnettes devenu Philosophe. *Paris, Willermy*, 1848; in-8, *fig. sur bois*, demi-rel. chag. vert.

Satire contre Louis-Philippe et son gouvernement.

175 **Lorrain** (J.). Modernités. *Paris, Giraud*, 1885; in-12, cart. dos vélin bl., tête dor., *non rogné, couv. conservée*.

Edition originale.

176. **Lewis's Sketches of Spain** and Spanich Character made during his tour in that Country in the years 1833-4. *London, Moon, s. d.* (vers 1835); gr. in-fol., *planches*, demi rel.

Ouvrage orné d'une vignette sur le titre et de 25 planches lithographiées, intéressantes pour les *Mœurs et Usages des Espagnols au milieu du XIX*[e] *siècle*.

177. **Lindstrom.** Panorama delle scene popolari di Napoli 1832, da Lindstrom, pittore suedese. *S. l.*, 1832 ; in-fol. allongé, demi rel. v. vert avec coins, *non rogné*.

Suite *rare* de 18 planches gravées à l'eau forte, représentant des *Scènes diverses des rues de Naples*.

178. **Le Livre et l'Image**. Revue documentaire illustrée mensuelle. Directeur littéraire : J. Grand-Carteret ; directeur-gérant : Emile Rondeau. *Paris*, 1893-1894, 3 vol. in-4, *fig.*, en 16 livraisons.

Un des 10 ex. sur **papier de Chine**, avec des planches hors texte en 2e ou 3 états.
La livraison 4 est sur **papier de Hollande**.

179 **Louys** (P.). Lucien de Samosate. Scènes de la Vie des Courtisanes. *Paris*, 1894; in-18, cart. bradel dos vél. bl., tête dor., *non rogné*.

Edition originale.

179 *bis*. **Louys** (P.). Les Poésies de Méléagre. *Paris*, 1893; in-18, cart. bradel dos vél. bl., tête dor., *non rogné, couv. conservée*.

Edition originale.

180. **Lyonnet** (Henry). Le Théâtre hors de France. Le Théâtre en Espagne. Ouvrage illustré de 50 photogravures. — Le Théâtre en Italie. Illustré de 47 photogravures. — Pulcinella et C. (Le Théâtre Napolitain). Illustré de 50 photogravures. — *Paris, Ollendorff*, 1897-1901 ; 3 vol. in-12, demi rel. bradel dos chag. rouge, dos ornés, têtes dor., *non rognés, couv. conservées.*

181. **Malerische Länderschau** in bildlichen Darstellungen deutscher und schweigerischen Städte und Landschaften, Volkstrachten, Scenen aus dem Volksleben,... *Kempten, Dannheimer, s. d* (vers 1850) ; in-fol., *pl.*, cart. ill. de l'édit.

Album de titre, texte explicatif et 12 belles lithographies *coloriées*, représentant des *scènes, vues et costumes d'Allemagne et de Suisse.*

182. **Mangin** (Arthur). Les Jardins. Histoire et Description. Dessins par Anastasi, Daubigny, V. Foulquier, Français, W. Freeman, H. Giacomelli, Lancelot. *Tours, Mame*, 1867 ; in-fol., *fig.*, cart. toile rouge de l'Edit., *non rogné.*

183. **Mariéton** (Paul). Une Histoire d'Amour. George Sand et A. de Musset. Documents inédits. Lettres de Musset. *Paris, Havard*, 1897 ; in-12, broché, *couv. imp.*

Ex. sur *papier de Hollande.*

184. **Merlin** (Mme la Comtesse). La Havane, par Madame la Comtesse Merlin. *Paris, Amyot*, 1844 ; 3 vol. in-8, cart. bradel percal. brune, *non rognés, couv. cons. (Franz).*

Mercédès Jarucco, comtesse Merlin, *née à la Havane, femme du général Merlin, belle-sœur de Merlin de Thionville, eut à Paris un salon fréquenté par toutes les célébrités.*
Bel ex. — Rare.

185. **Meyrick** (S.-R.) et **Smith** (Ch. H.). **The Costume of the original Inhabitants of the British Islands** and adjacent Coasts and the Baltic, including the Ancestors of the Anglo-Saxons and Anglo-Danes, from the earliest Periods of the sixth century. By Samuel Rush Meyrick and Charles Hamilton Smith. *London, J. Dowding, s. d.* (1815) ; in-fol., *planches*, demi-rel. mar. noir avec coins.

Ouvrage orné d'un frontispice et de 24 belles et intéressantes planches gravées à l'*aquatinte* et *coloriées*. — Bel exemplaire.

186. **Mistral** (F.). Nerte. Nouvelle provençale par Frédéric Mistral, avec la traduction française en regard. *Paris, Hachette*, 1884 ; petit in-8, cart. bradel, dos vélin blanc, *tête rouge, non rogné, couv. conservée.*

Édition originale.

187. **Le Monde Dramatique**. Revue des Spectacles anciens et modernes. *Paris*, 1835-1837 ; 4 vol. in-8, *fig.*, demi-rel. de l'époque *(4 premières années, ornées de 103 planches hors-texte. Quelques lacunes?)* — **Le Théâtre Illustré** (Album des Théâtres). 2e année, n° 1 au n° 78. *Paris, s. d.* (1869) ; in-4, chag. rouge, tr. dor. *(Collection complète du Théâtre Illustré, ornée de 76 port. lithog. par Théo et coloriés. Manque 3 numéros (nos 2, 3 et 13).* — Ensemble 5 vol.

188. **Monson** (Lord). **Views in the Departement of the Isere** and the High Alps, chiefly designed to illustrate the memoir of Felix Neff by Dr Gilly. Lithographed by Louis Haghe, from sketches by the right honble Lord Monson. *London, Dalton*, 1840 ; gr. in-fol., *pl.*, demi-rel. chag. rouge avec coins, plats toile.

Bel ouvrage accompagné d'un titre-frontispice, de 21 belles planches, lithographiés par *L. Haghe*, d'après *Lord Monson*, sur *papier de chine*, représentant les plus beaux sites de l'Isère et des Hautes-Alpes, et d'une carte.

189. **Montaut** (H. de). La Vie au Temps du Grand Roi. Les Heures du Jour. *Paris, F. Sinnett, s. d.;* in-fol. obl., demi-rel.

Suite complète de 24 lithographies par *Ch. Bargue,* d'après *H. de Montaut, coloriées.*

190. **Montorgueil** (G.). La Vie à Montmartre. Illustrations de Pierre Vidal. *Paris, Boudet, s. d.* (1899); gr. in-8, *fig.*, broché, *couv. ill.*

Beau volume tiré à petit nombre sur *papier vélin.*

191. **Moreau-Nélaton**. Les Grands Saints des petits Enfants. Légendes en marges. *Paris, Chailley*, 1896 ; gr. in-fol., en ff., dans un cart. spéc.

Orné de 20 planches lithographiées.

192. **Morisseau** (E.). Compatriotes. *Chez Aubert, s. d.;* in-4, demi-rel. chag. vert avec coins.

Suite de 9 lithographies *coloriées*, de *Costumes militaires féminins : Grenadiers, Sapeurs, Légion de la banlieue, Hussard, Corps des Pompiers, Sergents de ville*, etc.

193. **Morner.** Scènes de Naples. *Chez Gihaut ff., édit.*, 1828 ; In-4, demi-rel. veau fauve avec coins.

Suite complète de 12 lithographies *coloriées.*

194. **Musée Pittoresque**. *Paris, Dero-Becker, édit., s. d.* ; in-fol., cart. dos percal. brune.

Belle série de 18 sujets de genre de *E. Boulanger, A. Devéria, Pingret, Beaume, A. de Dreux*, etc., lithographiés par *Regnier, Vogt, Garnier* et autres, et très finement *coloriés.*

195 **Musique** (Ouvrages sur la). — Réunion de 8 vol. in-12 et in-8, demi-rel. chag. (1 cart. et 2 brochés), *non rognés, couv. conservées.*

Bellaigue (C.). Psychologie Musicale. *Paris*, 1893. — **Berlioz.** Correspondance inédite. 1819-1868. *Paris*, 1879.— **Liszt** (F.). Des Bohémiens et de leur musique en Hongrie. *Paris*, 1859. — **Martinet** (A.). Offenbach, sa vie et son œuvre. *Paris*, 1887. - **Offenbach** (J.). Notes d'un musicien en voyage. *Paris*, 1877. — **Reyer** (E.). Notes de musique. *Paris*, 1875. — **Servières** (G.). La Musique française moderne. *Paris*, 1897. — **Solenière** (E. de). Massenet. Etude pratique et documentaire. *Paris*, 1897.

196. **Napoléon**. — **Goulet**. Fêtes à l'occasion du mariage de S. M. Napoléon avec Marie-Louise. Recueil de gravures au trait, représentant les principales décorations d'architecture et de peinture, et les illuminations les plus remarquables auxquelles ce mariage a donné lieu. Avec une description par M. Goulet. *Paris*, 1810. *Avec 54 planches*. — **Fêtes** du mariage de S. M. l'Empereur Napoléon-le-Grand avec la princesse Marie-Louise, ou Relation exacte de tout ce qui a rapport à cette union, avec le détail des cérémonies. *Paris*, *Barba*, 1810, *front*. — Ens. 2 vol. in-8, le 1er en demi rel. veau vert avec coins, chiffre de Napoléon au dos, tr. marb. ; le 2e en cart. anc.

197. **Napoleon Medals**. Reliure Médailler ; In 4, mar. vert à long grain, dos orné, dent. sur les plats, formée d'aigles, d'abeilles et de lettres N., armes de Napoléon Ier, tr. dor. *(Rel. anc.)*.

Reliure aux armes de **Napoléon Ier**, transformée en médailler, et renfermant 15 médailles commémoratives de Napoléon Ier, en essai de frappe, la plupart par Andrieu, en argent, en bronze et en étain bronzé et doré, de différents modules.

198. **Neuville** (A. de). En Campagne. Tableaux et dessins de A. de Neuville. Texte de J. Richard. *Paris, Boussod, s. d.* — **Detaille** (E.). Les Grandes Manœuvres, par le major Hoff. Illustrations par Ed. Detaille. *Paris, Boussod*, 1884. — Ens. 2 vol. in-fol., *fig.*, cart. de l'édit.

Le 2e vol. est sur **papier du Japon**.

199. **Nicholson** (W.). Twelve Portaits, by William Nicholson. *London*, *W. Heinemann*, 1899 ; in-fol. ; *Titre, table et 12 planches*, en feuilles, dans un cart. spécial.

200. **La Normandie Illustrée.** Monuments, Sites et Costumes de la Seine-Inf^e^, de l'Eure, du Calvados, de l'Orne et de la Manche, dessinés d'après nature par F. Benoist et lithographiés par les premiers artistes de Paris ; les Costumes dessinés et lithographiés par H. Lalaisse. Texte par M. Raymond Bordeaux et Mlle A. Bosquet, sous la direction de M. A. Pottier. *Nantes, Charpentier,* 1854 ; 2 vol. in-fol., *55 planches,* demi rel. chag. rouge.

Bel exemplaire.

201. **Ohnet** (G.). Le Maître de Forges. Pièce en 4 actes et 5 tableaux. — Serge Panine. Pièce en 5 actes. — *Paris, Ollendorff,* 1884 ; 2 vol. in-12, cart. bradel dos percal. orange, *complet. non rognés, couv. conservées.*

Editions originales.

202. **Opéra.** — Réunion de 3 ouvrages, en 4 vol. in-8 et in-12, *fig.*, demi rel. mar. lavall. et rouge avec coins, têtes dor., *non rognés, couv. conservées.*

Lajarte (Th. de). Bibliothèque Musicale du Théâtre de l'Opéra. Catalogue historique, chronologique, anecdotique, Avec portraits gravés à l'eau forte par Le Rat. *Paris, Lib. des Bibliophiles,* 1878, 2 vol.

Royer (A.). Histoire de l'Opéra Avec 12 eaux-fortes. *Paris, Bachelin-Deflorenne,* 1875.

L'Opéra. Eaux-fortes et quatrains, par un abonné. *Paris, Lib. des Bibliophiles,* 1876 *(tiré à 500 ex. sur papier de Hollande).*

203. **Pailleron** (Ed.). Le Monde où l'on s'ennuie. Comédie en 3 actes. 20e édit. — La Souris. Comédie en 3 actes. — **Lavedan** (H.). Le Prince d'Aurec. Comédie en 3 actes. — **Richepin** (Jacques). La Cavalière. Pièce en 5 actes, en vers. — *Paris, C. Lévy et Fasquelle,* 1881-1901 ; 4 vol. in-8 et in-12, cart. bradel, dos percal., *non rognés, couv. conservées.*

Éditions originales, sauf le 1er volume.

204. **Paris à l'Eau-forte**. Journal hebdomadaire d'Actualités, de Curiosité et de Fantaisie, illustré d'Eaux-fortes. Rédacteur en chef : R. Lesclide ; directeur des eaux-fortes : Fréd. Régamey. De la 1re à la 187e livraisons (Mars 1873-déc. 1876). *Paris,* 1873-1876 ; 11 vol. in-4, *fig. et pl.*, en livraisons, *couv. imp.*

Collection complète.

On y a joint :

Paris-Croquis. Henri Boutet, directeur ; D. Maillard secrétaire de la Rédaction. Du n° 1 (6 oct. 1888) au n° 22 (20 juill. 1889). En 1 vol. in-4, *fig. et pl. hors texte*, cart. dos percal rouge, tête dor., *non rogné*.

205. **Paris Comique**. Livre-Album. Dess. de MM. de Beaumont, Bouchot, Cham de N...., Daumier, Emy, Gavarni, Grandville, H. Monnier, Pruche, Vernier et autres. Texte par les rédacteurs du Musée Philipon, du *Charivari*, de la *Caricature*, etc. *Paris, Aubert, s. d.* ; in-4, *pl.*, broché, *couv. ill.*

Publication composée de 20 livraisons, ornée de 20 lithographies *coloriées* (1 en noir) par *H. Daumier, Gavarni*, etc.

206. **PARIS QUI CRIE**. Petits métiers. Notice par A. Arnal, H. Spencer, Ashbée, J. Claretie, H. Houssaye, H. Meilhac, V. Mercier, R. Portalis, Eug. Rodrigues, etc. Préface par H. Béraldi. Dessins de Pierre Vidal. *Paris, imp. pour les Amis des Livres, par G. Chamerot*, 1890 ; gr. in-8, *fig.*, maroq. plein bleu foncé, dos orné, fil., dent. int., tr. dor., *couv. conservée (Thierry)*.

Édition tirée à 120 exemplaires. Un des *50 imprimés pour les Membres titulaires de la Société des Amis des Livres.* Bel exemplaire.

207. **Pellico** (Silvio). Mes Prisons, suivies du discours sur les devoirs des hommes. Trad. de M. Ant. de Latour ; avec des chapitres inédits, les additions de Maroncelli, etc. Edition illustrée par Tony Johannot de 100 beaux

dessins gravés sur bois par les premiers artistes. *Paris, Charpentier*, 1843; gr. in-8, *fig.*, cart. de l'édit., avec *couv. collée sur les plats, complet, non rogné.*

Premier tirage. — Bel ex. dans son cart. original.

208. **Percier et Fontaine.** Description des Cérémonies et des Fêtes qui ont eu lieu pour le couronnement de leurs Majestés Napoléon, Empereur des Français et Joséphine, son Auguste épouse. Recueil de décorations exécutées dans l'église de Notre-Dame de Paris et au Champ de Mars. *Paris*, 1807; gr. in-fol., *avec 12 planches*, cart. anc., *non rogné.*

209. **Perrot** (A.-M.). Collection historique des Ordres de Chevalerie civils et militaires, existant chez les différents peuples du monde; suivi d'un tableau chronologique des ordres éteints. Ouvrage orné de 40 planches gravées en taille-douce et coloriées avec soin. *Paris*, 1820; in-4, *planches coloriées*, cart. anc., *non rogné.*

210. **Petity** (l'abbé de). Étrennes françoises, dédiées à la ville de Paris pour l'année jubiliaire du Règne de Louis le Bien-Aimé. *Paris*, 1766; in-4, *pl.*, broché.

Ouvrage recherché, orné de 5 jolies figures allégoriques par *St Aubin* et *Gravelot*, de 2 pl. d'armoiries et de 1 frontispice à la gloire de Louis XV.

211. **Physiologies.** *Paris, Aubert, Lavigne*, etc. 20 vol. in-32, *fig.*, brochés, *couv. ill.*

Physiologies du *Bas-bleu*, *du Créancier et du Débiteur*, *du Débardeur*, *du Député*, *de l'Écolier*, *de l'Employé* (2 ex.), *de l'Étudiant*, *du Flaneur*, *du Fumeur*, *du Garde-National*, *de l'Homme de loi*, *de l'Homme marié*, *de la Lorette*, *du Prédestiné*, *du Tailleur*, *du Théâtre*, *du Voyageur* (2 ex.), *du Viveur.*

Texte par F. Soulié, M. Alhoy, H. de Balzac, P. de Kock, L. Huart, etc. Vignettes par *Vernier*, *Gavarni*, *Trimolet*, *Daumier*, etc.

211 *bis*. **Les Physiologies parisiennes.** Illustrées par MM. Gavarni, Cham, Daumier, Bertall, Valentin, Alophe, etc. *Paris, Aubert*; *Barba*, *s. d.;* petit in-fol., *fig.*, cart. bradel dos percal. rouge, *complet non rogné*, *couv. conservée.*

212. **Picturesque Représentations** of the Dress and Manners of the English. Illustrated in fifty coloured engravings, with descriptions. *London*, *M. Lean* (1813); petit in-4, *planches*, demi-rel., *non rogné.*

Ouvrage accompagné de 50 jolies planches gravées et *coloriées* de *Costumes Anglais.*

213. **Piattoli** (G.). Raccolta di Quaranta Poverbi Toscani espressi in figure da Giuseppe Piattoli, Fiorentino. *In Firenze*, *Nic. Pagni e G. Bardi*, 1786; in-fol., en ff., dans un cart. anc.

Belle suite complète de 1 titre-front. et 40 planches gravées et *coloriées* (*Coloris ancien*), *intéressantes pour les* **Costumes.**

214. **Pougin** (A.). Acteurs et Actrices d'autrefois. Histoire anecdotique des théâtres à Paris depuis 300 ans. 109 illustrations et portraits. *Paris*, *Juven*, *s. d.* ; in-12, *fig.*, demi-rel. bradel chag. grenat avec coins, dos orné mos., tête dor., *non rogne*, *couv. cons.*

Bel exemplaire.

215. **Préjelean** (René). L'Amour en dentelles. — La Légende de Béguinette. — *Paris*, *S. Empis*, 1902-1903; 2 vol. in-8, *fig.*, demi-rel. cart. bradel, dos percal. grise et bleue, têtes dor., *non rognés*, *couv. conservées.*

Premier tirage.

216. **Les Premières Illustrées.** Notes et croquis. Saisons théâtrales 1881-1882 à 1886-1887. *Paris*, *Ed. Monnier ; M. de Brunhoff ;* 6 vol. gr. in-8, *fig. et pl.*, cart. bradel dos et coins percal. grise, têtes dor., *non rognés*,

couv. cons. — **Darzens.** (R.) Le Théâtre Libre illustré. Dessins de L. Métivet. *Paris, Dentu,* 1890; 2 vol. in-8, *fig.*, cart. bradel, dos percal. verte, *non rognés, couv. conservées.* — Ens. 8 vol.

217. **Prévost** (L'Abbé). Histoire de Manon Lescaut et du Chevalier Des Grieux. Edition illustrée par Tony Johannot, précédé d'une notice historique sur l'auteur, par J. Janin. — **Sterne.** Voyage sentimental. Traduction nouvelle, précédé d'un essai sur la vie ou les ouvrages de Sterne, par M. J. Janin. Edition illustrée par MM. Tony Johannot et Jacque. — *Paris, Bourdin, s. d.* (1839 et 1841). — Ens. 2 vol. gr. in-8, *fig.*, cart. de l'édit., *couv. collées sur les plats,* le 1er *non rogné.*

Premiers tirages.

218. **Prisse** (E.). Scènes de mœurs, Costumes et Usages des **Egyptiens.** *London et Paris, Madden et Malcolm (Imp. Lemercier).* — Suite de 28 planches lithographiées par *Lemoiné, Mouilleron, E. Leroux,* etc., d'après *E. Prisse,* sur *papier teinté.* In-fol., en feuilles.

On y a joint : *12 lithographies de C. Rogier* de *Costumes et Usages de la Turquie.*

Ensemble 40 lithographies.

219. **Privas** (Xavier). La Chanson des Bébés. Paroles et musique de Xavier Privas. Illustrée de 6 lithographies originales par Louis Huvey. *Paris, L. Huvey, s. d.,* (1903) ; in-fol., en feuilles, dans un cart. spécial, renfermé dans un étui.

Tiré à *125 exemplaires numérotés et signés.* (Ex. n° 83). — Publié à 100 francs.

220. **Pugin.** Paris and its Environs, displayed in a series of Picturesques Views. The drawings made under the direction of Mr Pugin, and engraved under the superintendance of Mr C. Heath. With topographical and historical descriptions. *London,* 1830-1831 ; 2 tomes en 1 vol, in-4°, *contenant 200 vues gravées,* mar. vert foncé à long grain, dos orné, fil., tr. dor. *(Rel. anc.).*

221. **Raccolta di Vestiture della Sicilia**, disegnato dagli Originali eseguiti dal vero. Publicata nella litografia de Sig. Cuciniello e Bianchi. *In Napoli, s d.*; in-4, en ff., sous couv. de livraisons.

Suite de 9 lithographies *coloriées de Costumes de la Sicile.* Bel ex. avec les 3 couvertures de livraisons.

222. **RAFFET. ALBUMS de 1827, 1830, 1831, 1832, 1833, 1834, 1835, 1836 et 1837.** — Ensemble 9 albums in-fol., cart. bradel dos percal. verte.

Belle collection complète (moins le frontispice du 1er volume, 1827). — Chaque album renferme un frontispice et 12 planches (sauf le 1er album qui ne comprend que 10 planches). On a joint 6 frontispices en double, *imprimés sur papier gris.*

Soit ensemble 111 planches en belles épreuves avec marges, dont une bonne partie sont en **premier tirage**.

Parmi les pièces célèbres contenues dans ces albums, citons : *Serrez les rangs ; l'Empereur a l'œil sur nous ; Mon Empereur, c'est la plus cuite ; 1813 ; l'Œil du Maître ; la Pensée ; La Main, voltigeur ; Vive l'Empereur ; Carré enfoncé ; Bonaparte ; L'Homme du peuple ; Ils grognaient ; La Revue Nocturne* ; etc...

223. **RAFFET**. Souvenir d'Italie. Expédition et Siège de Rome, 1849. *Paris, Gihaut, édit., s. d.* (1850-1859) ; In-fol., en feuilles, *sous couv. de livraisons.*

Titre et 38 lithographies par Raffet, épreuves sur *papier de Chine.*

Bel exemplaire.

223 *bis*. **Raffet**. Sa vie et ses œuvres, par Aug. Bry. Accompagné de 2 portraits de Raffet lithographiés et de 2 eaux-fortes inédites et de 4 fac-simile. *Paris, Dentu*, 1861 ; in-8, *pl.*, cart. bradel, dos et coins percal. grise, tête dor., *non rogné, couv. conservée (Champs).*

224. **Regnier** (Henri de). La Cité des Eaux. *Paris, Mercure de France*, 1902 ; in-12, cart. bradel dos vél. bl., tête dor., *non rogné, couv. conservée.*

Édition originale.

225. **Renouard** (Paul). La Danse. Vingt dessins de Paul Renouard, transposés en harmonies de couleurs. *Paris*, *Gillot*, 1892 ; in-fol., en feuilles, dans un cart. spécial.

225 *bis*. **Renouard** (Paul). Eaux-fortes sur l'Opéra. Suite complète de 29 eaux-fortes originales. In-fol., en feuilles, *sous couvertures illustrées*, dans un emboitage. *(Tiré à petit nombre).*

226. **REYNOLDS** (J.). **Engravings from the Pictures of Sketches painted by Sir Joshua Reynolds, by Samuel William Reynolds.** *Londres*, 1820, etc. ; 2 vol. in-fol., demi-rel. mar. bleu et vert., tr. dor.

Très beau Recueil renfermant **108 planches** de l'**Œuvre de J. Reynolds**, gravées *à la manière noire par S.-W. Reynolds.*

L'exemplaire de tout **premier tirage**, avec l'adresse du graveur qui fut remplacée plus tard par celle de Graves.

Les planches sont à *la lettre ouverte.*

Un volume est spécialement consacré aux portraits de *femmes et d'enfants.*

227. **Robida** (A.). Mesdames nos Aïeules. Dix siècles d'élégances. Texte et dessins par A. Robida. *Paris*, *Lib. Illustrée*, *s. d.* ; in-12, *fig.*, demi-rel. mar. bleu avec coins, dos orné avec mosaïques, tête dorée. *non rogné*, *couv. conservée. (Canape).*

Premier tirage. Bel ex. orné d'une **aquarelle originale** de *A. Robida*, sur le faux-titre.

228. **Rochefort** (H.). L'Évadé. Roman Canaque. Edition illustrée, contenant 102 figures dans le texte et hors-texte. *Paris*, *Baillière*, 1884; gr. in-8, *fig.*, cart. bradel dos percal. rouge, *non rogné*, *couv. conservée.*

229. **Rodenbach** (G.). L'Hiver Mondain. *Bruxelles*, 1884. — La Jeunesse blanche. — Du Silence. Poésies. — Le Voyage dans les Yeux. — Le Miroir du Ciel Natal, Poème. — Les Vies encloses. Poème. — L'Elite. *Paris*,

Lemerre, Ollendorff et Fasquelle, 1886-1899. — Ens. 7 vol. in-12 et in-18, cart. bradel dos vélin bl. (sauf un en demi-chag. grenat), têtes dor., *non rognés, couv. conservées.*

Éditions originales.

230. **Romans.** — Réunion de 4 vol. in-12, demi-rel. chag. vert et rouge, dos ornés, coins, têtes dorées, *non rognés, couv. ill. conservées (Pouillet).* Beaux exemplaires.

Prévost (Marcel). Lettres de Femmes. Illustrations de H. Gerbault. *Paris, Lemerre*, 1895. — **Téramond** (G. de). Péchés d'Amour. Illustrations de Bac, A. Guillaume, Steinlen, J. Villon, etc. *Paris, Simonis Empis, s. d.* — **Mendès** (Catulle). Le Soleil de Paris. Dessins de L. Métivet. *Paris, Flammarion, s. d.* — **Dornis** (J.). Les Frères d'élection. Illustration de Myrbach. *Paris, Ollendorff*, 1896.

231. **Rostand** (Ed.). La Princesse lointaine. Pièce en 4 actes en vers. — Cyrano de Bergerac. Comédie héroïque en 5 actes en vers. — L'Aiglon. Drame en 6 actes, en vers. — *Paris, Charpentier et Fasquelle*, 1895-1900 ; 3 vol. in-12, cart. bradel, dos percal. brune, têtes dor., *non rognés, couv. conservées.*

Editions originales, sauf « *Cyrano de Bergerac* ».

232. **St-Pierre** (Bernardin de). Paul et Virginie (et la Chaumière indienne). *Paris, L. Curmer, rue de Richelieu*, 1838 ; gr. in-8, *fig. et pl.*, mar. bleu foncé à long grain, dos et plats ornés, tr. dor. *(Rel. de l'époque).*

Bon exemplaire de cette édition recherchée, un des plus beaux livres illustrés du XIXe siècle.

On y a joint 2 épreuves différentes du portrait du « *Docteur* » de Meissonier, dont l'un *avec les noms des artistes à la pointe et avant l'encadrement.*

233. **St-Saëns** (C.). Portraits et Souvenirs. *Paris, Société d'Edition artistique, s. d.* ; in-12, cart. bradel dos percal. grise, tête dor., *non rogné, couv. conservée.*

Un des 15 ex. sur **papier de Hollande.**

234. **Saints-Evangiles** (Les), traduits de la Vulgate, par l'abbé Dassance, illustrés par MM. T. Johannot, Cavelier, Gérard, Seguin et Brevière. *Paris, Curmer*, 1836 ; 2 vol. gr. in 8, *fig.*, maroq. lavallière jans., dent. int., doublé et gardes de moire verte, tr. dor. ; étui.

Bel ex. en *Premier tirage.* — Les 2 volumes sont renfermés dans un étui doublé en peau de chamois.

235. **Sarcey** (F.). Comédiens et Comédiennes. La Comédie Française. Théâtres divers. Notices biographiques par F. Sarcey. Portraits gravés à l'eau-forte par L. Gaucherel et Ad. Lalauze. *Paris Lib. des Bibliophiles*, 1875-1884 ; 2 vol. in-8, *port.*, en 32 livraisons, *couv.*

236. **The Savoy** an illustrated quaterly (and monthly). Edited by Arthur Symons. *London, Leonard Smithers*, 1896 ; 3 vol. petit in-4, *fig.*, cart percal. bleu, ornés fers spéc., *non rognés (Cart. de l'Editeur).*

Rare magazine anglais. Complet.

237. **Scharles** (Hermann). Le Beau Nick. Conte fantastique allemand. Légendes françaises et allemandes. *Paris, chez Aubert et Cie, s. d.* ; in-4 obl., cart. ill. de l'édit.

Album de titre et 28 planches lithographiés et *coloriées.* — Bel ex.

238. **Schiller**. Œuvres de Schiller. Traduction nouvelle par Ad. Regnier. *Paris Hachette et Cie*, 1859-1862; 7 vol. in-8, *port.*, demi-rel. chag. bleu avec coins, dos ornés, têtes dor., *non rognés.*

239. **Schmidt** (Albr.). **Vorstellung der Augspurgischen** Kleiter tracht, verlegt und zu finden bey Abrecht Schmidt. *In Augspurg, s. d.* (vers 1720) ; in-fol., cart.

Suite de 1 titre-front. et 13 planches gravées et *coloriés* (Coloris ancien), représentant chacune 2 personnages en pied.

On y a joint une *Suite de 4 planches* gravées et publiées *chez J. M. Will à Augsbourg* ; contenant 16 figures de *Costumes d'Augsbourg.*

240. **Silvestre** (A.). Le Petit Art d'Aimer en 14 chapitres. Vignettes de L Metivet. — **Mendès** (C.). L'Homme Orchestre. Avec des images de Métivet. — **Valdagne** (P.). Variations sur le même air. Roman avec quelques fioritures de L. Métivet. — L'Amour par principes. Illustrations de Ch. Dufau. — *Paris, Ollendorff*, 1896-1898 ; 4 vol. in-12, *fig.*, demi rel. chag. grenat, rouge et vert, têtes dor., *non rognés, couv. conservées.*

Editions originales.

241. **Soltykoff** (Prince Alexis). **Indian Scenes and Characters :** Sketched from life, by Prince Alexis Soltykoff. Edited by Edw. R. Eastwick. *London, Smith, Elder and C°*, 1859 ; gr. in-fol., cart.

Ouvrage accompagné d'un titre et de 15 planches lithographiées par *de Rudder et J. Trayer, sur papier teinté chine : vues, scènes et costumes.*

242. **The Splendid Procession of Queen Victoria** to her Coronation, on the 28th of June 1838. — Grande lithographie anglaise *coloriée,* en forme de frise, mesurant 3 mètres 25 de long., pliée en 1 vol. petit in-8 obl., cart. toile anc.

243. **Stella** (J.). Pastorales. *S. l., n. d.* (1667) ; in-4 obl., demi-rel. veau fauve avec coins.

Suite de 16 planches gravées, représentant les différentes occupations de la Vie Champêtre : *La Pastorelle, le Jardinage, le Retour des Champs, la Balançoire, la Traite du Lait, la Moisson, la Vendange, les Pipeaux, la Balançoire, les Fiançailles, la Noce, la Veillée,* etc.

244. **Stothard** (Ch.). **Letters written during a Tour through Normandy,** Britanny, and other parts of France, en 1818 : including local and historical descriptions ; with remarks on the Manners and character of the People. *London, Longman,* 1820 ; in-4, *planches,* veau vert, dos orné, fil., tr. dor. *(Rel. anc.).*

Ouvrage orné de 23 planches gravées sur acier, dont 6 de Costumes, *coloriés.*

245. **Suisse**. — **Reisen** durch die merkwürdigsten Gegenden Helveliens. *London*, 1778; 2 vol. petit in-8, *planches*, veau fauve, dos ornés, initiales sur les plats, tr. rouges. *(Rel anc.)*

246. **Thiemet.** Grimaces. *S. l., n. d.* (XVIIIe siècle); in-4, cart. bradel, dos percal verte, *non rogné.*

Suite de 9 planches gravées, représentant différentes physionomies de moines; la 1re donnant le portrait de l'auteur, avec cette légende : *Avec cette mine-là je fais les autres.*

247. **Thierry** (J.-D.) Arc de Triomphe de l'Etoile. *Paris, Didot*, 1845; très grand in-fol., demi bas.

Texte explicatif et 26 planches gravées au trait.

248. **Tolstoï** (Cte Léon). La Puissance des Ténèbres. Drame en 5 actes et 6 tableaux, traduit du russe, par J. Pavlovsky et O. Méténier. *Paris, Tresse et Stock*, 1888. **Ex. sur papier du Japon.** — **Ibsen** (H.). Hedda Gabler. Drame en 4 actes traduit par M. Prozor. *Paris, Savine*, 1891. — Ens. 2 ouvr. in-12, cart. bradel, dos percal., *non rognés, couv. conservées.*

Premières Éditions.

249. **Topffer.** Histoire d'Albert, par R. Topffer. *Genève, J. Kessmann*, 1846. — Histoire d'Albert. Par Simon de Nantua. *Paris. Imp. Caillet*, 1860. — Ens. 2 vol. in-4 oblong, brochés, *couv. ill.*

250. **Uzanne** (O.). L'Ombrelle, le Gant, le Manchon. Illustrations de Paul Avril. *Paris, Quantin*, 1883; gr. in 8, *fig.*, demi-rel. bradel mar. bleu avec coins, *complet, non rogné, couv. conservée.*

251. **Valentini** (Francesco). Trattato su la Commedia dell'Arte, ossia improvuisa Maschere Italiane, ed alcune scene del Carnevale di Roma. *Berlino*, 1826; In 4, *planches*, demi-rel. anc.

Ouvrage accompagné de 20 planches gravées à l'aquatinte et *coloriées.* — Texte italien et allemand.

252. **Valério.** Costumes du Grand-Duché de Bade et des bords du Rhin. *Paris, chez Gihaut ff., édit. (Imp. A. Bry), s. d.* (1841) ; in-fol., demi rel. de l'époque.

Titre-frontispice et 24 planches lithographiées et *coloriées.*

253. **Vallet** (L.). A Travers l'Europe. Croquis de Cavalerie. Préface de M. Roger de Beauvoir. Ouvrage illustré de 300 gravures dans le texte et 50 en couleurs, d'après les dessins de l'auteur. *Paris, Firmin-Didot,* 1893 ; in-4, en ff., dans un cart. spécial.

Exemplaire sur **papier du japon.**

253 *bis.* **Vallet** (L.). Collection Guiet. Histoire des Voitures et des Attelages. 20 planches originales en couleurs par L. Vallet. *Paris, Guiet,* 1896 ; gr. in-fol., en feuilles, dans un cart. spéc.

Belle collection.

254. **Van Pers** (A.). **Types indiens Neerlandais.** Nederlandsch Oost-Indische Typen. Verzameling van groote gelithografieer de platen in kleurdruk, naar de natuur geteekend door A. Van Pers. Net een verklarenden tekst in't Hollandsch en Fransch. *La Haye, C. W. Mieling,* 1856 ; in-fol., *planches,* cart., dos chag. rouge, plats toile.

Ouvrage accompagné d'un titre et 44 planches lithographiées *en couleurs,* de *costumes, mœurs et usages dans les Colonies Hollandaises.* Texte français ei hollandais.

255. **Vento** (Claude). Les Grandes Dames d'Aujourd'hui. Illustrations de St Elme Gautier. *Paris, Dentu,* 1886 ; in-8, *port.,* demi-rel. mar. bleu avec coins, dos orné, tête dor., *non rogné (Pouillet).*

Bel exemplaire.

256. **Vernet** (C.). Vernet's Horses, containing a selection of Forty interesting subjets from the works of this Eminent french Artist. In lithography, by E. Purcell. *London, M'Lean,* 1822 ; in-4 obl., demi-rel. anc.

Album de 40 lithographies de *E. Purcell,* d'après *C. Vernet : Études de chevaux.*

257. **Vernet** (H.). Modes de Paris. *S. l., n. d.;* in-4, demi-rel. veau fauve avec coins.

Mode de Paris. Suite de 11 planches (sur 12). Manque la pl. 9. — *Costume du Matin* ; *Costume pour la Promenade ; Parure du Soir* ; *Grande Parure ; Anglaises à la Promenade* ; *le Matin*, *le Midi*, *le Soir et la Nuit*. — 9 planches. Ens. 20 planches de Modes, gravées par *Gatine*, d'après *H. Vernet*, et *coloriées*.

258. **Viage del Rey miestro senor Don Felip quarto el grande, à la frontera de Francia**, Fuciones Reales, del Desposorio, y entregas de la S. Señora Infante de España Doña Maria Teresa de Austria. Vistas de sus Magestades Catolica, y Christianissima, Señora Reyna Christianissima Madre, y Señor Duque de Anjou. Solemne Juramento de la Paz, y sucessos de ida, y buelta de la Jornada. En Relacion Diaria, que dedica à la Magestad Catolica del Rey nuestro señor de las Españas, Don Carlos segundo. Por Mano del Señor Don Pedro Fernandez del Campo y Angulo cavallero de la Orden de Santiago, etc. ; D. Leonardo del Castillo, criado de su magestad, etc. *(à la fin) : Madrid, imp. Real*, 1667 ; in-4, veau marb., dos orné, fil., dent. int., tr. dor. *(Rousselle)*.

Bel exemplaire.

259. **LA VIE A LA CAMPAGNE**. Chasse, Pêche, Courses, Haras, Nouvelles, Beaux-Arts, etc. Du Tome Ier au Tome XVII. *Paris, Furne, s. d.* ; 16 vol. in-8, *planches et fig.*, demi-rel. veau fauve, tr. jasp.

Manque le tome 14.

260. **LA VIE PARISIENNE.** Mœurs élégantes. Choses du jour, Fantaisies, Voyages, Théâtres, Musique, Modes. Armand Baudouin, directeur. De la 29e année 1891 à la 46e année 1908. *Paris*. 1891-1908 ; 18 vol. in-4, *fig.*, demi-rel. chag. rouge, têtes dor., *non rognés.*

261. **Vignole.** Règles des Cinq Ordres d'Architecture de J. Barozzio de Vignole. Nouv. livre. On y a joint un essai sur les mêmes Ordres, suivant le sentiment des plus célèbres Architectes. Le tout enrichi de Vignettes, cartels, dess. et gravés par Babel. *Paris, Chereau*, **1762** ; in-4, *pl.*, vélin anc.

262. **Vigny** (Alfred de). Poésies complètes du Comte Alfred de Vigny, de l'Académie Française. Sixième édition. *Paris, Charpentier*, 1852 ; in-12, cart. bradel vélin blanc, tête dorée, *non rogné, couv. conservée. (Champs-Stroobante).*

Bel exemplaire.

263. **Voyage en Lorraine** de S. M. l'Impératrice et de S. A. I. le Prince Impérial ; précédé du voyage de S. M. l'Impératrice à Amiens. Texte par F. Ribeyre. *Paris, Plon, s. d.* (1866) ; in-4 obl., *planches*, en feuilles.

Orné de portraits de l'Impératrice et du Prince Impérial, d'une eau-forte de *Jacquemart*, d'après *Meissonier*, et de 41 dessins gravés sur bois.

264. **Wagner** (Richard) et les Parisiens. Traduction complète de la Comédie de M. Richard Wagner contre Paris assiégé, avec une Préface et un portrait de l'auteur. *(Paris), Supplément au numéro 19 de l'Éclipse, s. d.* In-4, de 16 pp., *avec port. par André Gill*, cart. bradel dos percal. bleue, *non rogné.*

Très rare.

265. **Wagner** (Ouvrages sur Richard). Réunion de 6 vol. in-12, demi rel. chag. lavall. têtes dor., *non rognés, couv. conservées.* (1 vol. est cart. bradel).

Richard Wagner. Souvenirs, traduits de l'allemand par C. Benoit. *Paris, Charpentier*, 1884. — **Mendès** (C.). Richard Wagner. *Paris, Charpentier*, 1886. — **Ernst** (A.). Richard Wagner et le drame contemporain. *Paris, Libr. Moderne*, 1887. — **Péladan** (J.). Le Théâtre complet de Wagner. Avec notes biographiques et critiques. *Paris*,

Chamuel, 1894. — **Chamberlain** (Houston-Stewart). Richard Wagner. Sa vie et ses œuvres. Trad. de l'allemand. *Paris, Perrin*, 1899. — **Richard Wagner**. Quatre poèmes d'Opéras. Précédés d'une lettre sur la musique. Illust. de G. Rochegrosse et F. Marcotte. *Paris, Durand ; C. Lévy, s. d.* (*sans couverture*).

266. **Wattier**. La Journée d'une Actrice. *Lith. de Langlumé* (1826) ; in-4, cart. bradel dos percal. bl., *non rogné*.

Album de 11 planches lithographiées et *coloriées*.

267. **Weisser** (Ludwig). Bilder-Atlas zur Weltgeschichte nach kunstwerken alter und neuer zeit. 146 Tafelen mit über fünftausend Darstellungen. Gezeichnet und herausgegeben von Prof[r] Ludwig Weisser. Mit erlaüterndem. Text von Dr Heinrich Merz. *Stuttgart*, 1885 ; in-fol., *planches*, demi rel. chag. vert, plats toile, tr. peig. (*Rel. de l'édit.*).

268. **White** (Gleeson). English Illustration the sixtiers : 1855-1870 with numerous illustrations by F.-M. Brown A. Boyd Houghton, A. Hughes, Ch. Keene, M.-J. Lawless, Lord Leighton, Sir J.-E. Millais, G. du Maurier, J.-W. North, G.-J. Pinwell, D.-G. Rossetti, W. Small, Fred. Sandys, J. Mc Neill Whistler, Fred. Walker : and others. *Westminster, A. Constable and C°*, 1897 ; gr. in-8, *fig.*, cart. toile bl., orné fers spé., tête dor., *non rognés* (*Cart. de l'Edit.*). — **Boticelli** (The Work of). *London et New-York, s. d.* ; petit in-4, *front. et 64 pl.*, cart. de l'Edit. — Ens. 2 vol.

269. **Willyams** (Rev. Cooper). **A Voyage of the Mediterranean** in his Majesty's ship the swiftsure, on of the squadron under the Command of rear-admiral Sir Horatio Nelson. With a description of the Battle of the Nile on the first of aug. 1798, etc. *London*, 1802 ; in-fol., *planches*, bas. anc.

Ouvrage orné d'une dédicace armoriée, de 1 carte, 1 plan et 40 planches gravées à l'*aquatinte* par *J.-C. Stadler*.

270. **Xanrof** (L.). Chansons sans gêne. 8e mille. *Paris, Ondet*, 1890. — Chansons ironiques. *Paris, Flammarion, s. d.* — **Boukay** (M.). Chansons d'Amour. *Paris, Dentu*, 1893. — Ens. 3 vol. in-12, *fig.*, cart. bradel, dos vélin bl., têtes dor., *non rognés, couv. conservées.*

2 vol. sont en *Premier tirage.*

271. **Zompini** (Gaetano). Le Arte che vanno per via nella Citta di Venezia, inventate, ed incise da Gaetano Zompini. *Venezia*, 1785 ; in-fol., veau rac.

Recueil curieux, composé de 1 front., titre, table et 60 planches gravées à l'eau-forte des *Cris des Marchands de Venise.*

LE VÉSINET
IMPRIMERIE CH. BRANDE
23, RUE DE L'ÉGLISE

www.ingramcontent.com/pod-product-compliance
Ingram Content Group UK Ltd.
Pitfield, Milton Keynes, MK11 3LW, UK
UKHW021641260726
13994UKWH00003B/1232